爱上阅读·中小学生晨读精品选

高长梅　许高英　主编

骑车去火星

王洋 著

九州出版社 | 全国百佳图书出版单位
JIUZHOUPRESS

图书在版编目（CIP）数据

骑车去火星 / 王洋著. -- 北京：九州出版社，2014.3（2021.7 重印）
（爱上阅读：中小学生晨读精品选 / 高长梅，许高英主编）
ISBN 978-7-5108-2758-7

Ⅰ.①骑… Ⅱ.①王… Ⅲ.①小小说 – 小说集 – 中国 – 当代
Ⅳ.①I247.8

中国版本图书馆CIP数据核字（2014）第041890号

骑车去火星

作　者　王　洋　著
出版发行　九州出版社
地　址　北京市西城区阜外大街甲35号（100037）
发行电话　（010）68992190/3/5/6
网　址　www.jiuzhoupress.com
电子信箱　jiuzhou@jiuzhoupress.com
印　刷　北京一鑫印务有限责任公司
开　本　720毫米×1000毫米　16开
印　张　9
字　数　150千字
版　次　2014年5月第1版
印　次　2021年7月第6次印刷
书　号　ISBN 978-7-5108-2758-7
定　价　36.00元

阅读随想（代序）

爱上阅读。阅读能使我们进一步获取智慧,获取解决问题的方法与能力。

微信中,有一篇叫《读书的十大好处》的文章流传颇广。它概括的所谓十大好处独树一帜:1. 养静气,去躁气;2. 养雅气,去俗气;3. 养才气,去迂气;4. 养朝气,去暮气;5. 养锐气,去惰气;6. 养大气,去小气;7. 养正气,去邪气;8. 养胆气,去怯气;9. 养和气,去霸气;10. 养运气,去晦气。

微信中,还有一篇文章也被大量转发,叫《读书是最好的美容》。文章认为,"人通过读书,在幽幽书香潜移默化的熏陶下,浊俗可以变为清雅,奢华可以变为淡泊,促狭可以变为开阔,偏激可以变为平和"。的确,打开书,便打开了一扇面对世界的窗口,你读天,无际的长天予你灵性;你读地,宽厚的大地赠你理性。打开书,便打开了一面审视生命的镜子,那扑面而来的真善美令人陶醉。

还是微信中的一篇文章,叫《通过阅读解决自己的困惑》。文章认为,阅读不能仅仅是小清新、轻口味、品时尚的浅阅读,有时还得"重口味"。阅读即要脚踏实地,要观看现实,了解人类文化的百态,知识的种种。但是只看"大地"那是不够的,还需要仰望星空,还要读读诸如《论语》、

《庄子》之类的书,以加深我们对人性的理解且不丧失对智慧的信心。

再引用著名作家王蒙先生2013年9月发表在《人民日报》上的《"攻读"的日子哪里去了》中的一段话:离开了阅读,只有浏览与便捷舒适的扫描,以微博代替书籍,以段子代替文章,以传播代替学识,以表演代替讲解,将会逐渐使人们精神懒惰,习惯于平面地、肤浅地接受数量巨大、获得廉价、包含着大量垃圾赝品毒素的所谓信息,丧失研读能力、切磋能力、求真求深的使命与勇气,以至连讨论追究的习惯也不见了,苦思冥想的能力与乐趣也没有了,连智力游戏的水准也降到幼儿级别以下了。这样下去,我们会空心化、浅薄化与白痴化,我们的宝贵的头脑的皱褶将渐渐平滑,我们的"灵"的思辨思维功能将渐渐萎缩,而我们的大脑将只剩下海量获得八卦式的信息然后平面地记忆下来、转销出去的"肉"的能力。

杨绛说得更好:读书正是为了遇见更好的自己。读书到了最后,是为了让我们更宽容地去理解这个世界有多复杂。

爱上阅读。阅读提升我们的素养,阅读最终将改变我们的人生。

目录

contents

PART 3
诗人

PART 4
树上的父亲

PART 5
尘埃里的花朵

PART 6
游冠山仙境记

>>>>> PART 1

王洋,快跑

父亲的声音在跑道外响起:"王洋,快跑,别让他们超过了!"人群里的父亲挥舞着拳头,他恨不得自己上来替我跑。父亲老了,头上的白发从两侧向上包围,几乎占领了整个头部,老了的父亲依旧一副不服输的劲头。

王洋，快跑

我上身前倾，两臂端举在腰部两侧，双脚蹬踏在起跑线上，身体绷得像一张拉满的弓。

阳光炙热，细密的汗从额头渗出，聚集成团，"吧嗒"一声，汗珠子砸在尘土里，像一滴水落在水面上，溅起一朵"水花"。

"啪"，枪响了，我箭一样射了出去。身后人群涌动，耳边风声呼呼，我胸有成竹地跑在第一位。

一圈、两圈、三圈……我呼吸急促，步子缓了下来，身后的人从我身边超了过去，一个、两个、三个……

父亲的声音在跑道外响起："王洋，快跑，别让他们超过了！"人群里的父亲挥舞着拳头，他恨不得自己上来替我跑。父亲老了，头上的白发从两侧向上包围，几乎占领了整个头部，老了的父亲依旧一副不服输的劲头。

我调整呼吸，腿上加力，大幅度摆动双臂，一个、两个、三个……我把所有的人甩在了身后，继续在前面领跑。

六圈、七圈、八圈……步子越来越沉重，汗水从额头滚落下来，像老家房前瓦楞间落下的雨水，滴滴答答。

我刚要放缓脚步，一个悦耳的女声从人群里传出："王洋，快跑！"妻子长发飘飘，一身蓝色运动衣裤，衬托着清秀的面庞楚楚动人，她的眼睛里是我惯见的神情：在我沮丧的时候，在我郁闷的时候，在我遭遇挫折、失败的时候,她的目光及时地罩住我,为我鼓劲,给我加油!

我咬着牙,再次加快了步子。第一名总是让人激动、热血沸腾的,是鲜花、荣誉、是闪光灯关注的焦点。小的时候,我的学习成绩总是名列第一,偶尔考个第二名,我会难过很长时间;考大学时,我如愿考入那所令无数考生朝思暮想的大学,在大学里遇见了后来成为我的妻的美丽女友;毕业后,别人还在为工作四处奔波时,我却拿到了一张让人艳羡的用人单位录用通知书……

白色的跑道在前面无限延伸,仿佛永远没有尽头。我突然失去了领跑的兴趣,就像小时候对一件玩具突然失去兴趣一样。

我的步子不由自主地慢了下来,只是很短的一个瞬间,很多人从后面超越过去,一个、两个、三个……

“王洋,快跑!”是局长的声音。局长快五十了吧,还像个小伙子。当年局长慧眼识才,把我招到这个权力极大的局,如今我已成为他的得力干将。眼前的情景是局长不愿看到的,他怎么能容忍得力爱将落后呢?

今天是首届全市机关干部运动会的最后一天,我们局在局长的大力支持和亲自参与下展现出了良好的竞技状态,多项比赛项目名列前茅。五千米长跑是本次运动会的最后一个项目,如果我能在这个项目里拿到第一名,我们局里的综合成绩将居各单位之首。赛前,局长对信心百倍的我说:“好好跑,拿到第一名我亲自为你接风洗尘。”

我豁了出去,场外不仅有专门来看我比赛的父母,有我美丽的妻子、懂事的儿子,对我有知遇之恩的局长大人,还有那么多关注我的观众,我有理由停下来吗?

跑鞋踩过的跑道尘土飞扬,风声在耳边猎猎作响,广播里传来还有最后三圈的声音。我咬紧牙,瞪大眼,大脑中只有一个声音:“快跑!快跑!”天空在旋转,眼前金星乱舞,一声重重地闷响后,天地转换了位置。

疼痛。我试图爬起来再跑,有稚嫩的童声在耳边响起:“爸爸,累了,你就歇歇吧!”儿子柔软的小手抚过我的脸庞,像一剂良药,身上的疼痛顿时

减轻了。我躺在跑道内侧松软的草坪里,摊开身子,成一个"大"字,儿子也乖顺地靠着我躺了下去。眼前的名次、鲜花、掌声、闪光灯仿佛都和我没有了关系,整个世界里只有我和儿子:天高,风轻云淡。

我走在日渐拥挤、加速度的城市街道上,身边所有的人都在匆忙地赶着路,只有我一个人慢慢地走着,耳边又响起儿子稚嫩的童声:"爸爸,累了,你就歇歇吧!"

感谢莫乍特

我正站在街角的电线杆前看一张招工启事,有人拍了一下我的肩膀,我回过头,是莫乍特。莫乍特从包里掏出一张表,那是一张那吉雅公司的离职员工统计表,里面有我的名字。莫乍特说,那吉雅公司打算从被辞退的员工中选拔一批人员重回公司效力。我问,为什么要从辞退员工中选拔?莫乍特说,你不需要知道为什么。

我醒来的时候,和煦的阳光正从破旧的窗格里漏进来,我伸了个懒腰,莫乍特从眼前消失了。

我一边懒懒地穿着衣服,一边想着莫乍特和那吉雅公司。我发现自己竟然忘记莫乍特的模样了,莫乍特在那吉雅公司一定是个无足轻重的人物,我和他的接触一定少之又少。我离开那吉雅公司八年了,我把人生中最美好的八年都奉献给了那吉雅公司,想一想,人生真是可笑,那吉雅公司竟然在八年后再次闯入我的生活,搅乱了我的梦。

我步行来到那吉雅公司。离开那吉雅公司后,我做了一名自由撰稿人,出版业的不景气和稿费的低廉让我的生活捉襟见肘,我省下坐 TAXI 的钱可以用来对付中餐了。

在那吉雅公司阔气的接待厅里,接待小姐告诉我,那吉雅公司没有莫乍特这个人。

我说,你再仔细想想,一定有的。

接待小姐的语气是不容置疑的,那吉雅公司一千八百六十七人的名单全部装在我的大脑里,不会有错的。

离开那吉雅公司后,我去找凯瑞。凯瑞是和我一起离开那吉雅公司的,他现在成了一名混混,没有固定的家,女友也是经常轮换的。我问凯瑞,你还记得我们在那吉雅公司工作的时候,有个叫莫乍特的吗?

凯瑞搂着他的第 N 任女友,酒精把他的脸滋润得油光光的,他睁着蒙眬的睡眼问,莫乍特是男的还是女的?

我拂袖离去,我把"那吉雅公司打算招聘离职员工"这句话咽进了肚子里。我是对的,我没有告诉他。

我又找到了杰米,我问杰米,你还记得我们在那吉雅公司工作的时候,有个叫莫乍特的吗?

杰米在一家生意兴隆的中餐馆做厨师,他在油烟弥漫的灶间摇晃着炒勺的时候,他的脑袋也在有节奏地晃着,晃了很久,他才停下来,说了一句,没有。

没有,不是也许,是肯定。我相信杰米说的话,就如我相信自己一样。

我再次出现在那吉雅公司阔气的接待大厅里,我对接待小姐说,我要见那吉雅总裁。

接待小姐说,先生,您需要预约。

我说,我的情况特殊,事关那吉雅公司的发展。

接待小姐说,对不起,没有预约,我无能为力。

我从口袋里掏出一个厚厚的信封,我说,你把它交给那吉雅总裁,她会见我的。

接待小姐说,好吧,我试试。

接待小姐很快就回来了,她朝我摇了摇头,那吉雅总裁很忙。

我只有待在郊区的公寓里等待,公寓里没有暖气,我缩在被窝里写那些可以勉强糊口的狗屁文字。当我写得头昏脑涨、手指酸痛的时候,我接到了那吉雅公司的电话:我被录用了,明天就可以上班。

我欣喜若狂、喜极而泣,我从床底下摸出一瓶劣质酒,一饮而尽。酒是个好东西,一夜无梦。

第二天,我踏着旋转的舞步来到那吉雅公司,阳光真好,空气清新,我想拥抱这个美丽的世界。

我被接待小姐安排在一个空旷的办公室里,船一样的办公桌摆放在办公室中央,门上挂着一个牌子:资源回流部。我的工作就是统计和考察被那吉雅公司辞退的员工,并且从中选拔一批愿意回公司效力的人员。

我热爱这项工作,愿意为它倾注我最大的热情和精力。在为那吉雅公司工作满一年后,我得到了公司的嘉奖。这一年里,我为公司回流人员近百人,而且,回流的员工工作积极性更高,更勤奋,更具有主人翁精神,公司的业绩取得了空前的进步。

那吉雅总裁在她的足球场一样的办公室里接见了我,她真诚地对我说,谢谢你,谢谢你为公司所做的贡献。

我说,谢谢您为我提供了一个施展才华和抱负的空间,作为一名曾经在那吉雅公司工作过的员工,能够重回这个让无数人羡慕的国际化大公司,是我们回流人员的荣幸!

那吉雅总裁从抽屉里拿出那封厚厚的信,她说,你一定在猜测谁是莫乍特吧?

我重重地点了点头,我想感谢莫乍特,是他托梦给我,让我有了灵感。

那吉雅总裁说,现在,我告诉你,莫乍特是我的丈夫,我们分手二十年了,他终于又回到了我身边。那吉雅的目光穿过长长的时光隧道,停留在曾经的岁月里,她说,我的莫乍特又恢复了他的神勇和壮志,他仿佛年轻了二十岁,我也是,我感觉流逝的岁月又回来了。

离开那吉雅总裁的办公室时,已到了下班时间,公司里的员工大都走光了。我一边走着,一边想着那吉雅总裁办公室里挂的那幅照片,照片上的男人是那吉雅的丈夫,只是他已在二十年前去世了。

走到街角的电线杆前,我看到上面贴着一张招工启事,我走近跟前仔细地看着,有人拍了一下我的肩膀,我回过头,是莫乍特。莫乍特说,欢迎你回到那吉雅公司这个大家庭!

一声尖长的喇叭声惊醒了我,我揉了揉眼睛,眼前只有一根长长的电线杆,莫乍特消失不见了。

这时候,司机从车窗里探出头:"部长,上车吧。"

等待葛多

葛多回来了。

那个六月的午后,我照镜子时发现头上长出了几根白发,我说:"孙俪,给我拔白头发。"

孙俪坐在阳台上,我的头枕在她的腿上,阳光下,我的白发格外醒目。

孙俪的手温柔地抚过我的头发和脸颊,我惬意地躺在她的怀里,太阳光晒得我迷迷糊糊。就在我快要迷糊过去的时候,我听见孙俪说了一句:"葛多回来了。"

PART 1
王洋,快跑

葛多回来了。我醒了,阳光刺得我睁不开眼。

我听见孙俪又说:"葛多回来了,我要去找他。"

孙俪和葛多最后一次相见是在大学毕业前夕,两个人席地坐在沂河边的沙滩上,六月的阳光照着静静的沂河,河面上有水鸟在盘旋。在这个伤感的六月里,葛多挥舞着双手对着河水激情澎湃地喊了一嗓子:"十年后,这座城市将是我们的天下!"

这句豪言壮语似乎成了葛多的谢幕词,从此以后,他从孙俪的生活中消失了。

一晃十年过去了,在这漫长的十年里我和孙俪结婚、生子,过着平淡无奇的生活。

婚后的日子是琐碎而单调的,岁月像一把无情的刀子削去了我的青春锋芒,在我的眼角、额头留下了深刻的印记。葛多的豪言壮语已经成为青涩年代的墓志铭,青春不再,日子像和尚手中的木鱼,敲一天是一天。

孙俪还在怀念着那个激情四射、壮志满怀的葛多,她还没有从梦里醒来。她整日埋怨我窝在那个不死不活的单位里混日子,让她恼怒的是已过而立之年的我在单位里至今仍是一个大头兵,任别人呼来喝去。

吵架是不可避免的,有了一次就有两次、三次,最后的最后,我们经常为了一点鸡零狗碎的琐事吵得天翻地覆。

在一次争吵过后的午夜,我听见孙俪在梦中喊一个人的名字:"多多,我的多多,你在哪儿呀?"

现在,葛多回来了,我该怎么办?

我出了家门,尾随孙俪而去。

孙俪沿着出城的道路一直向北,再向北。人流稀了,车辆少了,沂河展现在眼前。

孙俪轻车熟路地沿着河岸西行,穿过一片小树林,孙俪从河沿的台阶下到一片空阔的沙滩上。

六月的阳光照着静静的沂河,河面上有水鸟在盘旋。孙俪静静地站在沙滩上，一任风吹乱她的乌发，掀起她的衣角。

黄昏降临了，落日的余晖淡淡地洒在孙俪的身上，她的脸上竟然呈现出了少女般的红晕，她的目光清澈而深情，她拢了拢鬓角的乱发，用少女般甜润的嗓音呼唤着一个人的名字："多多，我的多多，你在哪儿呀？"

孙俪的深情呼唤一下子把我拉回到十年前那个六月的午后：湛蓝的天空下，阳光、沙滩、盘旋的水鸟，仰脸倾听的孙俪和侃侃而谈的我。

在这个伤感而多情的季节里，美丽纯情的女大学生孙俪已经被我的言语蛊惑了，她眼神迷离，两腮绯红，深深地沉醉在我编织的梦网里了。未来的道路在我的"演讲"中幻化成一条金光大道，无限伸展，触手可及……讲到最后，我站起身，挥舞着双手对着滔滔河水激情澎湃地喊了一嗓子："十年后，这座城市将是我们的天下！"

夜幕悄悄降临了，远方的城市已点亮了星星点点的街灯。孙俪深深地吸了一口气，她对着茫茫夜色呼唤着："多多，我的多多，你在哪儿呀？"

呼唤声惊飞了一只水鸟，鸟儿扑棱着翅膀冲向了天空。这只腾空而起的水鸟突然把我的一颗沉睡的心扇动得激跳起来，我感觉双臂像长了翅膀，我的嗓子痒痒的，身轻如燕，展开双臂朝着呼唤声响起的地方飞奔而去："孙俪，我来了——"

我和孙俪手牵着手回到家，打开房门，灯亮的一刹那，我和孙俪都笑了。

葛多真的回来了。

PART 1

王洋，快跑

# 双面人

　　王菲初见花样男人是在一家文学期刊举办的笔会上。当王菲背着大旅行包来到主办单位的办公楼下时，一群人从里面拥了出来，最前面的男人穿一身浅色西装，花色的衬衣领子翻卷到外面，男人裹挟着一股强烈的、让人窒息的风来到王菲跟前："你就是王菲吧？"

　　王菲点了点头："你是花样男人吧？"花样男人是男人的网名，王菲看过他的很多文章，写得精致、唯美、花样翻新。花样男人握住她的手那一刻，他宽厚的胸膛让她产生了幻觉，此情此景，恍若往昔，那个曾经给过她婚姻之约的男子一如眼前的这个男人。

　　第二天，下起了细雨，文友们结伴外出游玩。缠绵的细雨，幽深的小巷，王菲撑一把油纸伞走在湿滑的石板路上。身后传来吧嗒吧嗒的水声，王菲回过头，看见一个穿红衬衫，碎花裤子，光着脚丫的男人大步走来，大脚板踩出一路水花。

　　经过王菲身边时，花样男人说："路滑，把鞋子脱下来吧。"王菲站在原地犹豫着，也许是好玩，也许是光脚板舒服，更多的文友脱下了鞋子，王菲也脱下鞋子与文友们戏耍着，她的前方，是花样男人跳跃着的一团火。

　　欢乐总是太短，一眨眼的工夫，笔会接近尾声了。离开的那天，王菲背着大包经过花样男人身边时幽怨地叹了一口气。昨夜的晚宴结束后，王菲借着酒意对花样男人说："我夜里睡不好，去我那里坐坐吧？"

房门为君开，君却负了我。

花样男人看着王菲的幽怨如烟般飘散，他目光纯净地看着王菲说："日后有机缘去我那里做客吧，我会好好地待你的。"他白色休闲衣衫包裹下的修长身材在王菲的渐行渐远中站立成一株挺拔的竹子。

笔会结束后的很长一段时间里，王菲梦见花样男人伏在她耳边说："你来吧，我要好好待你。"

又一个柳絮飘飞的三月，王菲悄无声息地来到花样男人居住的L城，她像从天而降的空降兵突然出现在他的单位。此刻，王菲手里正拿着花样男人的照片问门卫，门卫盯着照片看了很久才说："你去车间里找吧？"

王菲站在隆隆作响的车间外面朝里搜寻，她的目光最终定格在一个穿着油腻工作服，头发白了大半、一脸倦怠的男人脸上。男人距离王菲只有几米之遥，虽然和王菲初见时已有很大的不同，但那张深刻在她脑海里的面孔却怎么也磨灭不去。

王菲做梦也想不到，她日思夜想，无数次出现在梦里的花样男人竟然是眼前的这般模样，为了证实自己的猜测，王菲拨通了男人的手机，男人在电话里用方言问："你是谁呀？"

王菲说："我是王菲。"

男人似乎在大脑里搜寻王菲这个名字，几秒钟后，男人的方言变成了柔和的普通话："是王菲呀，你在哪里呀？你那边噪音好大！"

王菲一边朝厂区外走，一边说："我就在L城呢。"

男人似乎被王菲的话吓了一大跳，他有些结巴地问："你，你，你在哪里？"

王菲出了厂区后说："我在车站前面的广场上。"

男人的声音过了好长时间才传过来："你在那里等我，我两小时后去接你。"

花样男人出现在王菲眼前时已经焕然一新，是她初次相见时的装束，一身浅色西装，花色的衬衫领子翻卷到外面，头发乌黑、身材修长，唯一掩饰不住的是满脸的倦容。

花样男人握着王菲的手说："我们又见面了。"他接过她的旅行包说："去我家吧。"

王菲本来想推辞一下的，在等待花样男人到来的过程中，她甚至想离开的，但她控制不住内心里的窥私欲望，她太想了解眼前这个男人在人前身后呈现出来的两种不同的面目和状态，他像一个双面人，两个小时前他还是陌生的，一眨眼，他又变回了她日思夜想的梦中人。

花样男人的家是一座带小院子的平房，院子里植了好多树，在一株巨大的藤下面，摆放着一张石桌。王菲在水井边梳洗的时候，花样男人已经把做好的几样花色小菜端上了石桌，花样男人弯下腰，绅士般做出一个请的手势："王小姐，请上座。"

王菲看到石桌上摆放着三副碗筷，她问："还有客人。"

花样男人微笑着说："还有一位神秘嘉宾。"

花样男人从里屋里抱出一个身材瘦小的女人，女人看见王菲，朝她微微一笑，花样男人说："这是我老婆。"

王菲的大脑一度出现短暂的空白，她木讷地看着女人孩子似的坐在花样男人的怀里，男人一边招呼着王菲吃菜，一边为女人夹着菜。女人在王菲的频频注视下坦然自若，在咀嚼的过程中，女人眼中含笑地看着王菲，似乎在说："多吃一点啊！"

饭后，王菲要离开，花样男人说："我送你。"

走在去宾馆的途中，花样男人看了一眼王菲说："你看到的那些署有我的名字的文章都是我老婆写的。"

花样男人没有理会王菲的惊诧，他看着远处渐次升起的万家灯火继续说下去："我老婆患重症无力好多年了，这些年她一直靠写作来支撑着越来越萎缩的躯体，她无法站立，只能卧床写作，她是一个爱美的人，即使是现在，她也没有放弃过要做一个花样女人。她说，这辈子我无法做一个真正的精致女人了，但我还有梦，我的梦在我的文字里，我至爱的男人，我已经把我的躯体幻化成了你,你承载着的是我全部的希望和梦想!"

宾馆到了,花样男人在宾馆前的路灯下停住,他的脸上没有忧愁,也看不到哀伤。王菲走近他,仔细端详着他的面孔,她在他的面孔上看见了一张虚幻美艳的脸。王菲走近花样男人,踮起脚跟,把她红艳的唇印在他的唇上,离开他时,她看到一张薄如蝉翼的脸在他的面孔上闪了一下,消失不见了,他的面孔又恢复如常。

骑车去火星

沈园在网上发了一个帖子:诚征一位二十八至三十九岁的健康男士一同骑车去火星。

沈园想和一个男人骑车去火星的念头是突然之间冒出来的,随着时间的累积,这个念头像一个吹足了气的大气球,随时都有爆炸的可能。

骑车去火星是多么给力的一件事情,怎么可以不去呢!

沈园在一所重点小学任教,平时工作认真,最大的爱好是旅游。大学毕业那年,沈园和男友去丽江旅游,有了身孕,她不愿意打掉,偷偷地生了下来。工作后,沈园和男友结了婚。女儿十岁时,老公和她离了婚。离婚后,沈园认识了一位画家,交往了一段时间就断了,断得干脆利落。

现在,沈园想找一个可以和她一同骑车去火星的男人。

沈园经常上网看有没有新的跟帖。失望得很,那些跟帖的大多是无聊男人。

王洋,快跑

直到有一天，一个男人加沈园的QQ，他愿意和她一同骑车去火星。

沈园说：只要你能骑车来我居住的小城，我就和你一同去火星。

沈园又说：是骑自行车，不是摩托车。

男人说：你等我。

男人居住的城市距离沈园所在的小城有六百零三公里。如果骑自行车，按照每小时十公里的速度计算，需要六十个小时，也就是两天半，加上睡觉的时间、吃饭的时间和途中不可预知的其他因素，男人一周或者十天能来到就不错了。问题是这个男人会来吗？骑车去火星本来就是沈园一个人的异想天开，会有另外一个人也相信？

第一天早晨，男人发来短信：买了一辆新自行车，吃过饭后就出发。

沈园正在吃早点，一杯牛奶刚喝了一半，她回复：长路迢迢，愿君多保重。

晚上，男人在旅馆里给沈园发短信：披星戴月，暂宿途中，天明整装待发。

沈园回复：山高水长，相会有期。

第二天，男人在途中发来短信：腰酸腿软，心灰意懒。

沈园回复：悬崖勒马，回头是岸。

第三天，沈园一整天都没收到男人的短信，她知道这只是成人之间的一个游戏，彼此不会太当真，她还是有所期待的。就像男人们口中的那些甜言蜜语，你明知道是虚假的，仍然愿意相信。

第四天晚上，沈园刚躺在床上，男人的短信又来了：昨日途中遇大雨，受风寒、患小病、已服药。

沈园的泪突然不可抑制地流了下来，为什么会这样呢？现在的她怎么变成了一个忧伤感怀的小姑娘？

沈园回复：念君君不见，原来君在途中遇变故。

第五天早晨刚起床，沈园主动给男人发短信，等了好久也没等到男人的回复。

一整天,沈园显得无精打采,给学生们上课的时候竟然出了差错,这是她从教以来从没发生过的事情。

第六天,沈园忍不住拨打男人的手机,对方已关机。沈园给男人发短信:日日盼君,君在何方?

第七天早晨醒来,沈园对自己说:结束了。沈园一度以为找到了愿意陪她到天涯海角的那个男人,原来不过是一场繁华梦。

这一天,沈园照常去上班、回家。晚饭后,沈园懒得出去散步,看了一会电视就上床睡了。正睡得迷迷糊糊,手机响了,是本地的一个陌生号码。

沈园接通电话,里面传来一个疲惫、沙哑却有着无可抵挡魅力的男声:园,我来了。

沈园一下子从床上跳了起来,她的声音像个二十岁的小姑娘:你、你在哪里?

男人说:我在车站前面的广场,那个巨大的雕像下面。

那天晚上,当男人躺在沈园卧室里的那张大床上,沈园问男人:我们怎么才能骑车去火星?

男人用饱经沧桑的眼睛温柔地看了沈园一眼:当地老天荒、海枯石烂的那一刻来临,我骑车载你行走在地球上,地球突然失去了引力,我和你从地球上跌落下来,火星正好经过,我俩来到了火星……

男人讲到这里打起了很响的鼾声,沈园凑近男人,她看见他的两鬓丛生出了白发,他眼角的皱纹,即使在他安睡的时候依然有着很深的沟壑。

这一刻,沈园更爱眼前的这个男人了,比她在车站广场上初见时更爱的多一点。

PART 1

王洋,快跑

 # 午餐时间

　　鲁韦在艺术学院对过的酒店大餐厅和同事一起吃午餐的时候,苍双还没来。

　　出门的时候,鲁韦看见苍双在对镜描抹,鲁韦催了几次,苍双嘴里答应着,人却站在镜前,鲁韦有些不耐烦了,转身出了门。

　　学院公寓里没有厨房和餐厅,鲁韦和苍双的一日三餐要到对过的酒店里去吃。鲁韦教中国画,苍双是一名建筑设计师,艺术学院的公寓就是她设计的。苍双的设计风格时尚前卫、引领潮流,她把学院公寓的设计重心放在了居住的舒适性上,却把厨房和餐厅排除在外。那些被排除在外的厨房和餐厅,苍双把它们转移到了学院投资的酒店里。酒店的每一个包间里都有家庭式的厨房和餐厅,客人可以在这里享受到量身定做的美食和家的氛围。这些厨房和餐厅的所有权属于公寓里的住户,公寓里的住户在领取红利的同时还能享受到价格低廉的美食。

　　苍双的设计理念当初在学院里引起较大的非议,一些上了年纪的教职工坚决反对:民以食为天,食为重中之重。一个家,没有了厨房和餐厅还能称之为家? 一些相对年轻的,尤其是那些不愿意做家务的小年轻们纷纷称赞:没有了厨房和餐厅,他们从此可以不为食所累了。

　　在公寓的设计上,苍双固执地坚持己见,她认为自己的设计理念最大限度地满足了人们居住的舒适性,又把人们从厨房里解放出来。私下里,苍双有自己不可与人言的小隐秘:和鲁韦结婚这些年来,她说服了丈夫不要孩子,成为真正的丁克家庭,现在又进一步从厨房里解放出来,这是她个人的胜利,也是女性权利的伸张。

艺术学院年轻的范院长力排众议,支持苍双的设计理念。范院长声称:学院不仅要在日常教学工作中有所创新,在引领社会发展的潮流中也要走在前头。范院长把公寓的建筑设计上升到教学工作甚至社会发展的高度上,目的是堵住一部分人的嘴,他是为了学院投资的酒店利益着想。

学院公寓的设计方案虽然得以通过,争议却从开工建设到住户搬迁入住后的三年里一直存在。公寓里的住户明显分成了两派,一派唱赞歌,一派骂娘。骂娘的一派在过足了口瘾后把自己家的小卧室改造成了厨房,开始了烹煎炖煮;唱赞歌的一派,以鲁韦和苍双为首,下班后就去酒店用餐,再也不用为两个人之间谁做家务争论不休。

在这逍遥自得流水一样的日子里,鲁韦似乎觉得缺了些什么。比如现在,吃饭的时候苍双却不在。

十二点零六分,鲁韦拨打苍双的手机,手机响了好长时间无人接。

十二点十分,鲁韦再次拨打苍双的手机,手机响了几下,里面传出一个女声:对方不方便接听。

十二点二十五分,鲁韦又一次拨打苍双的手机,里面传出一个女声:您所拨打的用户不在服务区。

鲁韦有些懵,苍双为什么不接他的电话,生气了? 在一帮同事和朋友的印象中,苍双不是一个喜欢生气的女人,她的脸上整天笑眯眯的。鲁韦知道这只是苍双的表面,笑是迷惑人的,她其实是一个强势的女人。有人私下里说:苍双是一位女权主义者,她设计的没有厨房和餐厅的公寓是女权主义的代表。

十二点二十八分了,苍双还没有来,她现在在哪里? 不会是出了什么事吧? 鲁韦没有心思吃饭了,他把饭碗一推,大步出了门。

鲁韦气喘吁吁地回到家,扑面而来的菜香让他愣怔了一下。阳台上,苍

PART 1

王洋,快跑

双正弯着腰在一个电磁炉前炒菜。很久没下厨了,苍双的手有些笨拙,炒勺里粗细不一的土豆丝有的飞出了勺外。

土豆丝炒好了,苍双蹲在电磁炉前,拿了一个煎饼,卷了一大包土豆丝,迫不及待地吃起来。不知是被煎饼噎着了,还是被辣椒呛着了,她剧烈地咳嗽起来。苍双起身倒水的时候看见了鲁韦,她像是受到了惊吓,手中的煎饼掉在了地上。

门是这个时候敲响的,从门外进来的是和苍双关系密切的几个女同事。她们以为鲁韦惹恼了好脾气的苍双,特意过来看看的。

正说着话,一个女同事突然叫了起来:你们家里怎么有炒土豆丝的味道?女同事在阳台上发现了电磁炉和炒勺里的土豆丝,她的嘴里发出一声惊呼:苍双,你这是要回归家庭吗?

同事们走后,楼上传来的敲击声让苍双心烦意乱。是范院长家在改造厨房,范院长的老母亲从乡下搬来了。

生活在别处

A 和妻子、儿子坐在灯火通明的肯德基店里,他们刚刚在大剧院里看完一场话剧。A 点了一份新奥尔良烤腿堡,妻子要了一份蓝莓蛋挞,她给儿子点了一份深海鳕鱼条、一杯九珍果汁和一个儿童餐玩具。

妻子一个人自顾自吃着,她似乎还沉醉在那场话剧中。A 一边吃着,一边透过玻璃幕墙朝外看,马路对面有一个小吃摊, B 和妻子、儿子围坐着一张油迹斑斑的小木桌。

小木桌上摆着三个菜,一盘清炒土豆丝,一盘炒花蛤,一盘青椒炒鸡蛋。B大口喝着扎啤,他喝一口扎啤,看一眼对面的肯德基店。

B看见A的妻子在吃蓝莓蛋挞,她吃得那么优雅、风情万种。一个蛋挞吃完了,她拿起雪白的纸巾轻轻拭了一下红艳艳的唇,莲花般的手指随手一扬,雪白的纸巾飘落在地上。

B是在周末的晚上和妻子、儿子一起出来过夜生活的。B刚买了一辆电动车,"捷马"牌的,他带着妻儿飞驰在夜晚宽阔的街道上。

B看见一家商场门口聚集了不少人,有人在临时搭起的台子上扭来扭去地唱,儿子嚷着要看唱歌跳舞。

一家人看完歌舞,儿子嚷着饿了,妻子说:"饿了回家吃点饼干吧。"儿子不依了:"不嘛,不吃饼干,我要下馆子。"

B看着儿子撒娇的样子笑了,他说:"好,今天买了新车,庆祝一下。"

广场后面的一片空地上,聚集了一群人在地摊上吃喝,B说:"就在这里吃吧。"

B点了三个菜,要了一大杯扎啤,又给儿子要了一瓶饮料。B喝下一大口扎啤的时候,他朝对面的肯德基店看了一眼,他看见了A的一家。

肯德基店里开着冷气,A的家人面前摆满了美食,他们穿着体面,吃相优雅。B在想,如果把他换作A,他是否会幸福死了?

B浮想联翩的时候,C正坐在广场上用羡慕的眼光看着B。

C在工地上干了一天的活,在太阳底下被蒸熟了无数次,一天下来,他的衣服黏在了身上,撕都撕不下来。

此刻,C吞吐着烟雾,眼睛愣愣地盯着B的一家。B光着膀子大口喝着扎啤,他喝一口扎啤,吃一口菜,看一眼对面;B的老婆大部分时间都在看丈夫和儿子,她的眼睛是笑着的;B的儿子正抱着那瓶心爱的饮料,嘴巴里塞得满满的。

C在想,这样的夜晚,要是和老婆、儿子在一起,像B的一家人那样在夜

王洋,快跑

风吹拂的晚上看城市里的灯红酒绿,那该有多好!

C 又点着一支烟,狠狠地抽了一口,他想到那个在千里之外的家,那个夏天蚊虫叮咬,一下雨就满地泥泞,臭水乱溢的村庄。C 常年出门打工,地里的活都留给了骨瘦如柴的婆娘,由于常年的劳作,四十多岁的婆娘看起来像是六十多岁的人了。

想到这里,C 狠狠地抽了最后一口烟,他把手中的烟屁股弹了出去。烟屁股在空中划了个漂亮的抛物线,落在 D 的跟前。

D 头戴一顶破军帽,穿一件到肚脐眼的脏学生服,裤子短得只到大腿根,他需要不停地提裤子才能不让它掉下来。

D 捡起烟屁股,躺倒在垃圾箱旁的一棵大树下。D 狠狠地抽了几口,嘴里吧嗒吧嗒地品咂着,手中的烟快燃到烟把了,D 已经在垃圾箱旁打起了酣甜的鼾声。

D 酣然入睡的时候,一辆银灰色宝马从他身边驶过。A 从车窗内看见睡在垃圾箱旁的 D,厌恶地捂上了鼻子。

B 骑着电动车经过 D 的身边,B 在想,这个人怎么会睡得这么香甜呢?

D 手中的烟已经快要燃到手指头了,C 走到 D 跟前,他把那截烟屁股从 D 手中抠出来,扔进了垃圾箱。

D 醒了,他看见手指间空空的,一下子坐起来。D 想了片刻,又躺了下来,他吧嗒了几下嘴巴,睡了。

>>>>> PART 2
雷诺的夏天

    那个炎热的午后,雷诺曾经幻想着他的舍身救人的事迹传遍村庄,传遍学校,他的名字和事迹在村人和同学们的口中传诵着,他将再也不用听母亲的唠叨和埋怨了,再也不用在老师和优生的面前抬不起头了……雷诺怎么也没有想到,最后的最后,自己竟然成了落水者!

雷诺的夏天

正午的阳光像万千根银针无遮无拦地刺在雷诺裸露的肌肤上,雷诺并不觉得痛,他趿拉着一双旧拖鞋走在炙热的巷道里。村庄很静,偌大的村庄像一座空城,只有雷诺"吧嗒、吧嗒"的脚步声在巷道里寂寞地空响着。

雷诺穿行在西庄的巷道里,母亲的斥责声像穿堂风在他耳边呼啸着:"你整天就知道看那些无用的课外书,那些书能当衣穿还是能当饭吃?它能帮助你考上大学,找到一份好工作,赚更多更多的钱吗?"

雷诺梗着脖子,不言不语。

母亲的怒气更大了:"你是哑了还是聋了?你一天到晚闷坐着,和你爹一个熊样,都是闷葫芦!你看东庄的李小秋,人家的嘴巴甜得像抹了蜜,鬼精鬼精的。小秋这次考试进了前三名,你却排在二十名以后,都是那些无聊的书害了你。"

雷诺已经厌烦了母亲每天无休无止的唠叨,母亲只要看见雷诺不是在学习,她的嘴巴就会像机关枪一样对准雷诺扫射一番,雷诺的那颗心已经被母亲打得千疮百孔,他在母亲的唠叨声中狠狠地摔上房门,大步走出了堂屋。

雷诺穿过西庄的巷道来到东庄,东庄的尽头有一片杨树林。穿过杨树林,一汪湛蓝的湖水呈现在眼前,湖面上几只鸭子悠闲地凫着水,在湖边的浅水区里,一个小男孩正坐在一个废旧内胎上,他的一双小手像划船用的桨,左右摆动着,男孩的力气太小,他身下的那只"小船"只能在水面上转着圈圈。

小男孩笨拙地滑水时,雷诺的脑海里突然冒出了一个奇怪的念头,突然冒出的念头像漂浮在水面的浮标,怎么按也按不下去。

雷诺在怪念头的驱使下幽灵般游到男孩的身边,他问小男孩:"小弟弟,你想吃西瓜吗?"小男孩的眼里闪过一道亮光,他说:"想吃,但我没有钱买。"雷诺说:"不用花钱买,我们去对面的瓜地摘,看瓜的叔叔回家吃饭了。"喜悦在小男孩脸上闪了一下消失了,他皱着眉头问:"湖面太宽,我游不过去。"雷诺说:"没事,你坐在'小船'上,我推你过去。"

雷诺推着"小船"晃晃悠悠地驶向湖心,湖面四周静静的,空无一人,就连那几只小鸭子也不见了。

正午的阳光炙烤着雷诺的脸,汗水从他的额头上一溜儿一溜儿地朝下淌,他抬头看看天,阳光刺得他睁不开眼;他低头看看小男孩,小男孩正乐呵呵地看着他傻笑。雷诺的心在那一瞬间里动了一下,他在心里问自己:你究竟想要干什么?

湖心到了,四下里一片寂静。雷诺见时机已成熟,他对小男孩说了一句:"不好了,我的腿抽筋了。"雷诺在水里挣扎了几下,他的一只脚端翻了"小船",小男孩还没明白过来是怎么回事就一头栽进了水中。雷诺对着岸边大声呼喊着:"快来人呀,有人掉进水里去了!"喊过几声,雷诺迅速潜入水中营救小男孩,当他抓住小男孩的一条胳膊时,小男孩藤一样缠住了他,怎么也甩不掉。雷诺用尽力气探出水面喊了一声"救命",更多的水灌进他的口中,他在最后关头把小男孩送上了"小船",他自己却再也无力上浮……

雷诺后来才得知是看瓜的叔叔把他从水中救了出来。看瓜的叔叔在午睡时被小男孩尖利的哭叫声惊醒了,他一骨碌爬起来,衣服也没脱就跳进了湖中。

母亲跌跌撞撞地跑到湖边时,雷诺正吐尽了腹中的湖水虚弱地躺在一棵大杨树下,惊慌未定的母亲抱着雷诺放声大哭。

整个暑假里,雷诺再也没有去湖边,他经常在半夜里惊醒,醒来后的雷

诺在黑暗中盯着房顶,心里充满了惊悸和后怕。

那个炎热的午后,雷诺曾经幻想着他的舍身救人的事迹传遍村庄,传遍学校,他的名字和事迹在村人和同学们的口中传诵着,他将再也不用听母亲的唠叨和埋怨了,再也不用在老师和优生的面前抬不起头了……雷诺怎么也没有想到,最后的最后,自己竟然成了落水者!

过完暑假,去上学那天,雷诺在村口遇见了小男孩。当小男孩走向雷诺的时候,雷诺转过身子跑远了,他跑得很快,像背后有人在追赶着他。

老师今天来家访

豆豆在临窗的小书桌前看书,豆豆看了很久了,一个字也没看进去。

爸爸吃过早饭就推着那辆"大金鹿"去村道上接老师了。老师说,今年暑假里要把每个学生的成绩单亲自送到家长的手中。

妈妈在院子里洗衣服,盆里堆放着一大堆的衣物,有爸爸的,有妈妈的,还有豆豆的,妈妈洗了很久了。

妈妈洗完衣服看见豆豆坐在小书桌前,两手托腮,一动也不动。

妈妈说:豆豆,到外面放松一会,别把脑子累坏了。

豆豆嘴里答应着,身子没动。

妈妈又去清扫院子,院子里到处都是鸡屎鸭粪和堆放无序的杂物。

妈妈扫完院子看见豆豆仍然坐在书桌前,妈妈说:豆豆,到村口看你爸回来了吗?

豆豆嘴里答应着,身子动了动。

妈妈叹了一口气说:这孩子呀!

衣服洗了,院子也扫了,妈妈又收拾着在厨房里做饭。妈妈烧、煎、熘、炒、炖、焖、煮,像一个老练的厨子把厨房里搞得热火朝天,一屋子的烟气和菜香。

饭桌摆好了,菜也端上来了,妈妈坐在门前,脸洗得白白的。

正午的小村静静的,偶尔有几声倦倦的鸡鸣狗叫,豆豆在一种无边的倦意中睡着了。

脚步声和说话声把豆豆从睡梦中惊醒,只听到妈妈着急地问:怎么,不来了吗?

爸爸的嗓音很粗:嗯,也许不来了吧!

妈妈问:怎么说好了又不来了呢?

爸爸不耐烦地说:我怎么知道呢!

坐在书桌前的豆豆突然像变了个人似的一下子弹了起来,几步就跨出了门外,他的眼里是一种少见的惊喜和亮光。他问:爸,老师真的不来了吗?

豆豆没有听到爸爸的回答,他只看到了爸爸一张惊愕的脸。

这时,一条狗叫了起来。

落落

落落左胳膊上挎着竹篮子,右手拿着一根身细头尖的铁钎,铁钎插在脉络清晰的黄叶上时,落落仿佛看见了爷爷那双干枯、青筋外露的手,手面上布满了密密的针眼。

又一片黄叶飘落了，"刷啦——"

爷爷病了很久了，离开家住进医院的爷爷像一棵老朽的树，开始从内部迅速老去。医院简直是一个吃钱的机器，爸爸和二叔挣的那点钱丢到里面，连个响声都没有就消失了。爷爷在一个阳光灿烂的秋日里拔掉了手上的针头，他对两个儿子说："回家。"

爷爷回家以后，病情似乎减轻了，他的饭量增加了，脸上也有了红晕。爷爷说："医院就是无底洞、吃钱的！"爷爷伸出干瘦的胳膊朝两个儿子晃着："你们看，我有什么病？我健康着呢！"爷爷又说："你们都去地里忙吧，让落落放学后给我做饭就行了。"

从此，落落去上学的时候，胳膊上多了一个篮子。放学后，落落总是一个人急匆匆地走在前面，她在村前的小林子里用铁钎像串羊肉串一样把落叶串成一串，用手一撸，落叶就跳跃着跑进了篮子里。

落落用串来的落叶烧火给爷爷做饭，落落做饭的时候，爷爷就坐在院子里晒太阳。

落落问爷爷："爷爷，人死了后还有灵魂吗？"

爷爷说："人就像灶膛里的落叶，燃尽后化作一缕青烟。"

落落听了爷爷的话，她仰着小脸看着袅袅升腾的烟雾。落落想，那缕青烟是落叶的灵魂吗？

篮子满了，落落抬头看了看太阳，太阳像一个红气球挂在树梢上。村子里已经有淡淡的炊烟升起，落落挎着满满的一篮子落叶走出了林子。

年轻的落落像一只小鸟，步子轻快地踩着秋日的阳光往回走。落落进门的时候看见爷爷正坐在院子里的一张竹椅上，爷爷脸上挂着笑，神情很安详。

落落说："爷爷，我回来了。"

落落把篮子放在灶房里，刷锅、点火。

落落说："爷爷，我今天打荷包蛋给您吃。"

落落点火的时候看了爷爷一眼,爷爷正微笑着看着她。

落落朝锅里添了半瓢水,趁着烧水的间隙,落落从鸡窝里摸出两个鸡蛋。

落落端着两个黄白分明的荷包蛋来到院子里,落落说:"爷爷,趁热快吃,我给您放了两勺红糖。"

爷爷微笑着看着落落。

落落说:"爷爷,您吃吧,锅里还有呢,我吃锅里的。"

爷爷不说话。

落落说:"爷爷是不是想叫落落喂呢? 落落喂给爷爷吃。"

落落舀了一汤匙水给爷爷喝,爷爷的牙咬得紧紧的。落落突然看见爷爷看她的眼神是散的,落落慌忙把手放在爷爷的鼻孔下面,爷爷的鼻孔里已经没有了呼吸。落落惊叫了一声:"爷爷! "手中的碗"咣当"一声掉在了地上。

爸爸和二叔把爷爷抬到床上的时候,落落还站在院子里,她的手上端着碗,碗里有两个沾了泥的荷包蛋。

妈妈叫落落进屋给爷爷磕头时,落落正仰着脸看烟囱里缓缓升起的一缕青烟,落落想:那是爷爷的灵魂吗?

妈妈擦去眼角的泪,她把瘦小的落落紧紧地拥入怀里:"落落,别伤心了。"

秋日的阳光金子般洒落在小院的角角落落,落落想到她从今以后将再也见不到爷爷了,泪水从她忧伤的眼里泉涌而出。

围墙

我坐在一张红漆剥落的书桌前,书桌紧靠着窗户,窄小的窗口让我联想到炮楼里的瞭望口。透过"瞭望口"远望,视线被一堵高高的围墙挡住了。

我在书桌前已坐了近两小时,膀胱里憋得慌。我夹着腿急急火火地朝外跑,刚出大门口,一个响雷般的巨大声音在我耳边炸响:"站住,去哪里?"

我看着父亲威严的面孔低声说:"我要去撒尿。"

父亲瞪了我一眼说:"去吧。"

痛快地撒完一泡尿后,我从厕所的墙缝里看见父亲正扛着锄头朝外走,父亲一边走,一边对着厕所喊:"三儿,在家里好好学习,晚上我要检查你的作业。"人随咚咚咚的脚步声消失在弯弯曲曲的巷道里。

我胡乱提上裤子,锁上大门,心急如焚地朝东庄跑去。

想到东庄,想到平日里在一起玩耍的小伙伴们,我恨不得插上翅膀飞过去。

夏天的毒日头在天空中慢腾腾地晃悠着,迟迟不肯离去。我和小伙伴们玩得忘记了时间,忘记了饥饿,忘记了周遭的一切。直到村子里响起母亲们的呼唤声,我们才梦醒般地一哄而散。

跑到家门口时,我放慢了脚步,轻轻推开院门。院子里,父亲正坐在板凳上摇着一把旧蒲扇。

我低着头不敢看父亲的眼,一步一步地朝堂屋里挪,刚到堂屋门口,父亲喊了一声:"过来。"

我慢腾腾地挪到父亲跟前。

父亲问:"你一个下午在哪里疯的?"

父亲问:"布置的作业完成了吗?"

父亲突然加重了语气:"你怎么就不长点记性?你怎么就不能让我省点心!"父亲的牙齿咬得嘎嘣嘎嘣响,他把我按倒在一张长条凳上,蒲扇一样大的巴掌凶狠地击打着我瘦小的屁股。

那个夏日的黄昏里,我默默地承受着父亲雨点般密集的巴掌,自始至终,我倔强得像一个宁死不屈的革命战士。

父亲后来打累了,他一屁股坐在地上,狠抽着一支劣质烟,烟火熏着他纵横交错的老脸。

天黑了,我饿着肚子默默地躺在小床上。无语,是我最强烈的抗议。

老实的母亲一趟趟地来到我的房间,她端来水,端来饭菜,我转过身子,不予理睬。

夜深了,父母的房间里仍然亮着灯,他们似乎在小声争吵着什么。

我不知道自己是什么时候睡着的,在睡梦中被沉闷的雷声惊醒了。外面雷电交加,狂风大作。雷声持续了很长一段时间后,暴雨终于从天而降,嗒嗒嗒的雨点像千军万马在奔腾。

我在狂风暴雨中沉沉地睡了,我做了一个梦,梦里,那堵围墙倒塌了。

天亮后,我揉着酸疼的屁股从小床上爬起来。外面,风停了,雨也住了,那堵围墙却在一夜的风雨中倒塌了。

院子里,父亲坐在板凳上呆呆地盯着倒塌处的豁口,鸡、鸭、鹅正纷纷拥向豁口,外面有它们向往的新鲜和自由。

父亲看见我时,脸上露出讨好的表情,他似乎已后悔他对我的责打,但我没有看他一眼,径自走向那处豁口。

我抬起头,挺起胸,带着反叛和决绝走向那个大豁口。我刚踏上倒塌的

土坯,正要大步跨出豁口时,父亲在后面喊了一声:"三儿,小心点,脚下有玻璃碴子。"

我低头朝那只未落的脚下看去:潮湿的土坯里插满了横七竖八的玻璃碴子。

我回过头看了父亲一眼,父亲的眼里溢满了水一样的东西,慈爱把他的眼睛挤成了一条细小的缝。

我转过身,泪水已悄悄地爬上了我的脸颊。我迎着热热的阳光,踏出了结结实实的一大步。

离鸽

老家房前屋檐下的一排陶质黑罐里,家人喂养了十几只鸽子,它们在里面生儿育女,已有数载。

有一年的春节,震耳欲聋的鞭炮声把鸽子都惊飞了,它们在小院上空盘旋着,迟迟不敢下来。一整天,鞭炮声几乎没有中断过,鸽子们也没得到片刻安宁,它们在惊吓和恐慌中度过了喜庆的春节。

正月初五那天,鸽子们终于敢下来吃食了,一只胆小的灰鸽子每啄一粒麦子就要跃起一次,它惊恐的小眼睛警惕地扫视着四周,正当它贪婪地吞食一粒麦子时,一直躺在院子里睡眠的花猫突然一跃而起,受到惊吓的灰鸽子以迅雷之势腾空跃起,胸腔里发出一声凄厉的嘶鸣,子弹一样射向南面的院墙,一声闷响后,鸽子悲鸣了几声掉落在地上……

我从地上捡起灰鸽子时,发现它竟然没有死,它瘦小的躯体可怜巴巴地蜷缩在我的掌心里,灰色的毛随着身体的颤抖剧烈地抖动着,我用手轻柔地理着它的羽毛,试图消除它的恐惧感,没有用,它只是不停地抖。我把它放在一堆软草中,喂它吃食,给它喝水,它眯着眼、闭着嘴,抖得像风中的草。我失去了耐性,心里对它充满了蔑视,嘲笑它的如此胆小。我丢下灰鸽子,来到房前的一排陶质黑罐子前,里面有饿慌了的幼鸽,我刚把幼鸽从罐中取出,那只刚才还在抖的灰鸽子突然子弹一样向我射来,我大惊,手中的幼鸽从手中脱落,向下坠去,高速飞翔的灰鸽子竟然在半途生生折回,快速向下坠去,它赶在幼鸽前摔下落地,幼鸽弹在它的背上后,滚落在软草中。

　　幼鸽得救了,灰鸽子却折了一只翅膀,再也无法飞翔了。灰鸽和幼鸽每日瑟缩在软草中,警惕地看着这个在它眼中危机四伏的小天地,我要做的是为灰鸽子包扎伤口,每日喂它和幼鸽吃食、喝水,渐渐地,它放松了警惕,开始在院子里小心走动着。有很长一段时间,因为一些琐事缠身,我无暇给灰鸽和幼鸽喂食,灰鸽子就去鸡槽里争抢一点鸡食,鸡们经常把它啄得四下里跑。下一次,为了生存,它依旧去和鸡们争食,它活得很艰难,但也充实、快乐着,因为曾经日夜伴随着它的恐惧感消失了,幼鸽也一天天地长大,学会了飞翔,可以自立了。

　　幼鸽飞走后,灰鸽子已经和鸡们混熟了,可以旁若无人地和鸡们一起进食了。吃饱喝足后,灰鸽子就躺在墙角的软草中眯缝着眼睛晒太阳,长期的缺少活动,它已经发胖了,有时混在鸡中间,要仔细分辨才能找到它。偶尔,有鸽子从它头顶飞过,翅膀划过空气的声音惊醒了睡梦中的灰鸽子,它会抬起头久久地仰望着,它在想什么呢? 在回想从前的飞翔岁月吗? 还是在想那句人类的名言:天空中没有痕迹,我已飞过。

　　对于一只离开鸽群的鸽子来说,飞翔过、努力过,已经足够。

血乳

　　无尽的黑暗,冰凉、坚硬的废墟,孤独、无助、惊恐的他号啕大哭,他的嗓子哭哑了,嘴唇干裂,饿。

　　突然,他的唇触到了一个柔软的东西,热热的、暖暖的,像妈妈的乳房。他努力地探着身子,干裂的嘴唇一口叼住小小的乳头,用力吮吸着,浓浓的、腥腥咸咸的,不像妈妈的乳汁。妈妈的乳汁是香的、甜的,而且,妈妈的乳汁泉水般源源不断,他吮吸的乳汁却是一滴一滴的。

　　他吐出乳头,嘶哑着嗓子哭。哭累了,他睡了。

　　他饿醒了。他的唇又触到了乳头,一口叼住,依旧是腥腥咸咸的,他太饿了,顾不了那么多,用尽全力吮吸着。他口中的乳头触电般地跳了一下,他听到妈妈在虚弱地呻吟,妈妈好像很疼,扭动着身子,呻吟声忽长忽短。妈妈扭动的时候,乳头从他的口中脱落,妈妈似乎在竭力把身子靠近他,当他再次叼着乳头用力吮吸的时候,他听见妈妈那长长短短的呻吟声又开始了。

　　不知道过了多长时间,他又醒了,妈妈停止了呻吟。他在黑暗中摸索,寻找着妈妈的乳头,当他叼到妈妈乳头的时候,他感觉乳汁比原来多了,像细细的泉水,源源流入他的口中。他大口喝着,口中的乳头跳了一下,妈妈的呻吟声低低地传来,他停止了吮吸。他一定是把妈妈吸疼了,妈妈的身体却靠得更近了,妈妈真好,那么痛,还靠过来让他吮吸,他含着妈妈的乳头幸福地睡了。

他是被上面传来的嘈杂声音惊醒的,突然惊醒的他大哭起来,被乳汁浇灌过的他哭声嘹亮。上面传来喊叫声:"快过来,这里还有幸存者!"一阵嘈杂的脚步声响过,有人在喊:"孩子别哭,叔叔来救你了!"他哭得更凶了。

哭累了,他又去寻找妈妈的乳头。他把乳头叼在嘴里使劲吮吸的时候,乳汁是凉的,他吐出乳头,嘤嘤噎噎地哭着。他不明白,妈妈的乳汁怎么变成了凉的,是妈妈不爱他了吗?

叔叔在上面喊:"孩子,别哭,坚持住,叔叔一会就把救你出去!"

他哭得更厉害了,他一边哭一边用小手拍打着妈妈,他想要妈妈给他喝热的乳汁,妈妈似乎睡着了,一动也不动。

他使劲拍打着妈妈:"妈妈你醒醒!妈妈你醒醒!!"

妈妈真的生气了,妈妈的脸一定板得很严肃,像要下雨的样子。

他伸出小手在妈妈的胳肢窝里轻轻地挠着。妈妈生气的时候,他只要伸出胖乎乎的小手在妈妈的胳肢窝挠几下,妈妈就会扑哧一声笑起来,妈妈笑过后,拍着他肉肉的小屁股说:"你这个小调皮,小坏蛋呀!"

可是今天,他的法宝失灵了,妈妈再也不理他了。他哭得汹涌澎湃,他要用不停地哭声把妈妈吵醒……

他的头顶上空出现了一丝光亮,有人在喊:"看到了,是个男孩!"有人又喊:"孩子闭紧眼睛,别睁开呀!"还有一个女声在喊:"孩子,别怕,我们来接你了!"

他乖乖地闭上了眼睛,一只塑料瓶子递到了他嘴边:"孩子,喝水。"

他张开嘴巴,水缓缓流进他的嘴里,凉凉的,甜甜的。温柔的女声在他喝水的时候不停地对他说:"你是最勇敢的孩子,你知道你在下面坚持了多长时间吗?"似乎是为了强调时间的长度,她停顿了一下说:"七十二小时!"他不知道七十二小时是多少,他只知道是在夸他棒,就像是他在家里吃了满满的一碗饭后,妈妈朝他竖起大拇指说,你真棒!他想,现在的他就是最棒的了。想到这里,他的嘴边露出了一丝骄傲的微笑。

当救援人员把他和妈妈从废墟下救出来的时候,人们发现这个四岁小男孩的双唇像一朵鲜艳欲滴的花,那个用娇小的身躯保护着小男孩的妈妈胸部赤裸,在她美丽的胸部上灼灼开放着一朵硕大的红花,那朵红花刺疼了所有人的眼睛。

"妈妈"永远地闭上了眼睛。这个只有十九岁的女孩,这个还没品尝过爱情滋味的女孩,这个幼儿园里的最年轻的保育员在地震来临的时候奋不顾身地扑向惊呆了的男孩。三天三夜,她用少女最纯洁的乳房,用她最无私的乳血挽救了一个孩子的生命,她绝美的乳花开放在所有人的心里,开放在多难、坚强不屈的中华大地上。

镜湖

今晚的月色真美,美得让人忧伤。

我沿着镜湖漫步,湖面平静,清若明镜。我的影子倒映在湖水中,黑黝黝的,孤寂而单薄。

镜湖边有一巨石,突兀、奇形怪状。走累了,我坐在巨石上状若石凳的一角。有风吹来,冷,骨头缝里都凉飕飕的。

要是俊桀在就好了,他会坐在我身边,指着他那不太宽厚的肩膀说,兄弟,借个肩膀让你靠一靠。他的神情是玩世不恭的,唯有他的牙齿白得让人心跳。可我不是他的兄弟,我是米月。我不知道为什么会有这样的名字,难道是那个为我起名字的人误以为月亮是米做的?

不去想这些无聊的事情,思考太累。俊桀要是在,他又会嘲笑我了,单纯的丫头呀,你的思想轻得像一张纸。我会轻哼一声,我愿意,我快乐。

在我们高三(5)班,那个形单影只的俊桀是孤立的,孤立于我们所有人之外。我记得那节作文课上,华老师给我们布置了一道作文题目就出去了。整节课,我们都在埋头写,只有俊桀一个人坐在位子上,嘴里咬着一支笔,东张西望。这期间,华老师进来一次,大多数同学已经完成了写作,俊桀的面前,还是白纸一张。华老师问,你怎么不写?俊桀抬头看一眼华老师,我在思考。他是笑着说的,他白白的牙齿像是一种挑战。华老师看了他一眼,转身走了,他的话却留了下来:你记住,没有人可以例外。

是的,没有人可以例外,包括俊桀。下课铃响的时候,俊桀第一个把他的作文交了上去。华老师是站着看完作文的,也许华老师站着是准备教训俊桀一顿的,可他看完后激动地走下讲台,一边走,一边声情并茂地给我们读了起来,华老师的眼睛亮亮的,似乎是想照亮什么东西。

课后,我们问俊桀,你是怎么写出来的?俊桀看着我们,他的嘴巴里发出一个"切"的长音。他说,我是用五分之三的时间思考,用五分之二的时间来写作,而你们却用五分之二的时间思考,五分之三的时间写作。

俊桀是这个班级,这个学校唯一能给我们带来惊喜的人,这分惊喜是他的与众不同。

毕业晚会上,俊桀是最后一个出场的,那是他留给我们的最后一个惊喜。

那天晚上,所有人都出过场后,俊桀带着他玩世不恭的笑容出现了。他把同学们赶到教室的四个角落,在教室的中央,是他一个人表演的天地。他像一个魔术师,把我们的课桌、椅子,看似杂乱无章却整齐规则地叠摞到房顶。当一切忙完后,他拿出一块巨大的红布把那些高高的桌桌椅椅蒙了起来,我们都目瞪口呆地看着俊桀,不知道他接下来会做出什么惊世骇俗的举动。俊桀打开随身携带的录音机,把音量调到最大。舞曲响起来的时候,他一个人钻进了"城堡"中,我们看不见他,只有轰天响的舞曲和他一个人暗无天日的舞蹈。他一个人的独舞,漫长得像是一生,没有人知道他的舞技拙劣或是曼妙。舞曲停下来的时候,我们看见俊桀从高高的"城堡"顶部钻了出来,他的脸上都是汗,头发也湿漉漉的,唯有他的笑容是干爽的,他的牙齿还是那么白,白得像是他独有的驰名商标。

晚会散后,我和几个女生步行回家,在旺角咖啡屋拐角处,俊桀追上我们,他说,兄弟们,就要再见了,握个手吧。他握着我们的手,嬉笑着,就要走过拐角的时候,我看见他还站在那里,不再嬉笑,只是静静地站着,一脸忧伤。

起风了,风头势猛,卷起镜湖上的水一波一波涌上岸。我裹紧衣服,双手抱肩。

从旺角咖啡屋的拐角分手后,我就再也没有见到俊桀。他考入北方那个最著名的学府了。而我,留在这个城市里上了一所二流大学。

后来,再后来,俊桀就消失了,他成了一个传说。他的消失源于大二时和同学们的一次游玩。那是在一个著名的海景区,俊桀和同学们在大海里搏浪嬉戏,他一个人越游越远,最后消失在茫茫大海中。

关于俊桀消失的传闻有很多,有人说他遇到了一个捕鱼的美丽船娘,他和船娘一起远走高飞;有人说俊桀游到远离同伴视线时腿抽筋了,最后沉入大海;还有人说那次游玩是俊桀的一次精心策划,他借此机会远离人间,去寻找他的世外桃源去了⋯⋯

风越来越大了,打着呼啸,卷着尘土,镜湖里汹涌的波涛像是爆炸一样轰响,旋起的波浪一浪高似一浪,高高的浪头像天上的云端,云端落下来时,我看见了俊桀。

我惊喜得心都要跳出来了,我说,你、你是怎么来的? 俊桀还是那副玩世不恭的表情,上帝派我来拯救地球的!

我说,你别开玩笑了,快告诉我,这些年里你都去了哪里?

俊桀的眉头皱紧了,他说,这些年来我一直在调查气候变暖的原因。气候变暖已经严重影响了人类的生存,一些岛国即将面临淹没的危险,不远的将来,海洋将淹没整个大陆!

我看着俊桀，他更瘦了，瘦得似乎只剩下骨头了，唯一不变的是他的特立独行，他的桀骜不驯，他的谜一样的传说。我有好多的话想问他，俊桀却说，我要走了，时间已经不多了，我必须尽快找到遏制气候变暖的方法，让大陆不被淹没。说完，他转身走了，他走了几步回过头看了我一眼，他没有笑，一脸的忧伤。

后来，我一个人回家了。如今，我在一家跨国公司工作，开私家车、穿时尚的皮草，我办公室里的空调每天都在嗡嗡运转着，我喜欢这样的生活，这是我一直追求着的生活。

关于那天晚上，那个镜湖边有关俊桀的故事，我没有告诉任何人。我知道没有人相信那是真的，就像我认为，这个世界依旧是美好的，海洋淹没大陆，那只是俊桀那类人才会有的狂想。

惊颤

我的住处来了一群房客，两个男的，三个女的，都是刚毕业的大学生。

这些大学生搬来后，家里热闹起来。他们开 party，喝我的红酒、绿茶，我心疼地在房间里转圈圈。

有一个叫晁昊的男孩，一直坐在旁边看，他眉头紧皱，与眼前的气氛格格不入。

晁昊在一家私企上班，每天要早出晚归，一个月的工资少得可怜，他的脸常常一半阴着，一半晴着。

有一段时间,晁昊和一些不三不四的男女混在一起,他回来得更晚了。夜半醒来时,我听见他趿拉着拖鞋在客厅、卫生间来回穿梭着,他像是很烦躁,连走路都是气哼哼的。

有一天,晁昊上班迟到被老板骂了一顿,他的心情很糟。我劝他,以后别和那些人待在一起了,工作是第一位的。他看我一眼,眼睛红红的,他说,我的事情不用你操心!

我说,我是在关心你。晁昊不说话,他站起身走了出去。

第二天晚上晁昊没有回来,我问另外一个男孩,晁昊怎么没回来?那个男孩朝我翻了一下眼皮,他被辞退了。

第三天晚上晁昊没回来,第四天晚上也没回来。半夜里没有了晁昊的打扰,我却睡得不踏实了。

我来到晁昊住的房间,床上是凌乱的被褥,枕边是几本翻旧了的书,其中一本是村上春树的。

我掩上房门,一个人来到客厅,我突然想给晁昊打个电话,问问他现在在哪里,他还好吗?我按下一串数字,定定地呆看着,那些数字在我眼里变成了一群小蝌蚪,我终于没有拨出去。

这个城市的冬天特别冷,我把自己包裹得严严实实出了门。刚一出门,冷风像一把尖刀子割在脸上,我疼得缩了缩身子,腰弓得像一只大虾。

夜晚的街道死寂,只有风吹着碎屑在走。拐过一个弯,我看见前面一个人孑孑独行,他的身子单薄消瘦,风一吹就能飘起来。

走了一段路,那个人突然转过身子,是晁昊。贼冷的天,漆黑的夜,他戴着墨镜,穿着单薄的黑风衣。晁昊的奇怪的装束让我联想到本地的一个凶狠而残暴的黑社会组织:黑衣社。晁昊看见我转身就跑,我紧跟着他急追,刚追过一条街,晁昊不见了,仿佛他从来就没有出现过。

我回到家时天已放亮,三个女孩正在洗刷,看见我进来,女孩们甜甜地喊了一句,王叔好!

我一边搓着冰凉的脸颊,一边回应,姑娘们好!

日子不紧不慢地迈着脚步，从冬天一直迈到了春天，我的房客由五个变成了四个。晁昊原先住的那个房间空闲了，行李是他乘我不在的时候拿走的，他留下了两个月的房租钱，没有留一句话。

也许他在生我的气，可我并没责怪过他什么，我只是表达对他的关心。

三个女孩和一个男孩依旧看上去很快乐，他们的快乐让我嫉妒。也许晁昊选择离开不是我的原因，他是嫉妒那些快乐的男孩女孩们。只是我不明白，他为什么要加入黑衣社。

不去想这些，现在我要出门了。今天晚上家里开 party，一个女孩过生日，她邀请了好多朋友。

出了门，我沿着护城河走，两岸的枝条、小草已经开始冒绿了。我从城西走到城东，走得两腿酸软，身上冒汗，在城东广场的一个石桌旁坐了下来。

石桌上有一个棋盘，上面有一些散乱的棋子，是一盘没有下完的棋。我看看左右无人，一个人琢磨起棋局来。琢磨了很久，我手痒难耐，一个人在棋盘上你来我往地攻防着。时间一点点地过去了，当我在棋盘上厮杀得性起时，一阵杂乱的脚步声和喊杀声渐行渐近，声音是从河岸处传来。我悄悄地探头看去，十几个黑衣人和一群白衣人在火拼，长长的刀子，明晃晃的斧头在人丛里挥舞着，杀戮着，有人倒下了，有人倒下又爬起来，血像是飞溅的花儿，惊眼、炫目，我躲在一处树丛里大气也不敢喘。

后来，再后来，一切都静了下来，只有风在吹，河水在静流，那个刚才厮杀过的地方横七竖八躺着十几个人。我来到河岸边，一个浑身是血的黑衣人还在动，我跑到跟前仔细一看，是晁昊，我喊着他的名字，晁昊！晁昊像看见了亲人，他死死地抱住我，两只手像两只钢爪，深深地钳进我的肉里。我喊叫着他的名字，我想知道发生了什么事情。晁昊的身体在我的怀抱里一点点地软了下去，软得仿佛没有了骨头。

夜是那么黑，我在黑夜里慌不择路地跑。跑到家门口，我听见里面的舞曲轰天响，我推开门，房间里一片歌舞升平，他们在灯光中狂舞着，没有人注意到我的到来。我从一个个舞动的躯体中间穿梭而过，逃进卧室，跳到床上，

■PART 2■

雷诺的夏天

盖上厚厚的被子,我在被子里簌簌发抖,无法抑制,那张陈旧的雕花木床在我的惊颤中颠簸起伏。

看电影

有一段时间,我喜欢去电影院里看电影。

通常,我去得很早,我在家里泡一碗面或是饭也不吃就去了。有一次,我买票进场后发现里面只有我一个人。

我坐在偌大的观众席上,白色的幕布在我的正前方,我看着它,它也看着我。我就那么静静地坐着,脑子里一片空白,那些静默的立起来的硬座,不知道它们在想些什么。

后来,我听见有人喧哗着进场了,先是几个人,接着是一拨拨的人,更多的人潮水一样涌了进来。不久,电影开始了。

我仰脸看着幕布,有人在幕布上动着,男的、女的,在说话,声音很大,我却完全没有听清楚他们在说什么。

那场电影持续了很长时间。在我快要睡着的时候,灯光亮了,幕布变成了白色,观众离开座位潮水般涌向出口。

我被人裹拥着走向出口,有一刻,我甚至感觉双脚离开了地面,轻飘飘地驾着云。出了影院大门,我的脚落在地面上,像宇航员回到地球,有片刻的失重。

回到家,那个围墙上长满了爬山虎的别人的家,不是我的,我只是借住。

我躺在床上昏昏沉沉地睡了。不知道睡了多久,醒了,也许是半睡半醒,脑子里依旧昏昏沉沉。我翻了个身,哼哼了几声,又睡了。

再次醒来的时候,天依旧黑着,我闭着眼睛,摊开四肢。窗外有风吹着窗纸吱吱响,爬山虎在墙头上伸展着蜿蜒的躯体,它葱绿的骨骼里传来窸窸窣窣的声音,远处有不知名的鸟儿尖着嗓子叫。

起床时太阳已经升得老高了,头疼得特别厉害。我站在院子里,伸着懒腰,打着哈欠,嘴里又苦又涩。

我打了一盆井水,洗了一把脸,漱了漱口,在院子里转着圈,踢着腿脚。

上午,我翻看了几本书,把电视上所有可看的节目看了一遍;下午,我在小城后面的芦苇荡,沿着湖畔一圈一圈地转。天黑了。

我早早地吃过饭去电影院。出门的时候下雨了,带了一把伞,蓝色的。

灯光照在柏油路上,油光光、水亮亮。行人打着伞,花花绿绿,脚步声踏踏踏踏,带着雨水,带着匆忙。

我在售票处买了票,小小的窗口,像是在探监,我在心里笑了笑。

走进影院的时候,座位已经满了大半,我找了一个空位,坐了下来。

我的左边是一个女孩,她朝我笑了笑,我回她一个笑。她把一个纸袋子拿到两个座位中间,又把一个白色的塑料袋拿过来,塑料袋的底部有一层瓜子壳。女孩一边嗑着瓜子一边朝我指了指装满瓜子的纸袋子,我抓了一把瓜子,捏一个放在口中,电影开始了。

在黑暗中我嗅到一股奇异的香,那是之前从没嗅过的香。我轻轻地抽了几下鼻子,不敢用力地吸。女孩看电影时的神情很专注,颈部露出一抹白,香是从她身上传出来的。

电影继续,画面转换着。我的注意力不在白色的幕布,三心二意,我经常这样。

女孩依旧很专注,她的眼睛眨得间隙很短,眼睫毛似乎在轻轻地跳。我和她靠得很近,可以看见她脸上细微的汗毛,她的两片唇,红艳艳。

有一刻,我伸手去纸袋子里拿瓜子,里面是空的,我正要抽出,一只手探

来,两只手闪电般地触到了一起。一股高压电流从我的指尖向全身蔓延开来,我听见胸口处咚咚咚跳了三下,我看一眼女孩,有红霞飞上她的脸。

女孩转过头看着幕布,我也转过头看着幕布,电影已经结束了,观众站起身朝外走。

那么多的人拥向出口,有人低着头走,有人说笑着,有人打着长长的哈欠。我回过头寻找女孩,没有她的身影。

出了电影院,我在前面的广场上张望着,花花绿绿的伞从我眼前飘过,伞下的人皆不是。

雨依旧不停歇,偌大的广场空了,只有一个人,一把蓝色的伞在雨中静立着。女孩消失了,就像她从未出现过一样。

后来,后来,我再也没有见到那个女孩。我曾经一个人坐在电影院里看着白色的幕布发呆,那些立起来的硬座也和我一样发着呆,我想象着人流拥进来,幕布上有人在动,男的、女的,在说话,声音很大……

那一年我十八岁,孤独而又忧伤。

>>>>> PART 3
诗人

　　孩子的喊叫声唤来众多的沂城人,人们
看到诗人待过的水泥地面的缝隙里长出了
许多幼小的嫩草,那些幼小的嫩草像刚出浴
的孩子,晶莹剔透,煞是可爱。沂城人感觉太
神奇,太不可思议了,冰冷的水泥上面竟然
长出了小草!

诗人

寒风肆虐的冬夜,诗人站在沂城中心广场上深情吟诵着:

"啊——小草!"

"啊——鲜花!"

"啊——春天!"

诗人留着长发,衣服已经洗得泛白了,但诗人的情感是充沛饱满的,月亮和星星深情地注视着诗人,他们沉醉在了这个寒冷的冬夜。

几个月前,诗人初次在广场上吟诵时,台下是冰一样冷漠的沂城人,他们看诗人的目光像看一个外星人。几个奇装异服的年轻人吹着刺耳的口哨朝诗人投掷石头,有调皮的孩子围着诗人转圈圈、扯拽他的衣服,诗人仿佛没有看见眼前的一切,他的目光掠过所有沂城人的头顶,穿过冰冷的建筑物,来到一望无际的田野,诗人深情地吟诵着:

"啊——小草!"

"啊——鲜花!"

"啊——春天!"

诗人离开广场的时候,几个沂城人跟着诗人拐入一条小巷,他们明明看见诗人走在前面的,突然间就不见了,像是一下子从沂城蒸发掉了。

对于沂城人来说,诗人的话题只是他们茶余饭后的一个谈资而已,沂城人最关心的是漫长的冬天。季节已经跨入了阳春三月,沂城人依旧穿着厚厚的棉衣,他们不知道冬天什么时候才能过去。

诗人第一次踏上沂城的土地时,他看见每个行色匆匆的沂城人脸上都挂着厚厚的冰霜,诗人朝他遇见的第一个沂城人问路,那人用仇恨的目光瞪了一眼诗人;诗人又问他遇见的第二个沂城人,第二个人围着诗人像看怪物一样转了一圈。诗人在感慨沂城气候寒冷的同时看见了沂城人与人之间的那层坚冰。

诗人从此开始了他在沂城的破冰之旅。

诗人在每个漫长寒冷的夜晚都会准时出现在沂城中心广场,沂城人已经对此见怪不怪了,他们由最初的好奇转变为最终的熟视无睹。

一天晚上,诗人离开广场后,一个孩子在诗人待过的地方大声喊叫起来:"快来看呀,这里长出了小草!"

孩子的喊叫声唤来众多的沂城人,人们看到诗人待过的水泥地面的缝隙里长出了许多幼小的嫩草,那些幼小的嫩草像刚出浴的孩子,晶莹剔透,煞是可爱。沂城人感觉太神奇,太不可思议了,冰冷的水泥上面竟然长出了小草!

沂城人随后发现了更多让他们感觉不可思议的事情:有人看见花盆里枯萎的花儿复活了,有人看见路旁的大树泛绿了,有人看见城南的沂河水解冻了,还有人在城外看见了报春鸟……

第二天,沂城的大街小巷里竞相传送着一个喜讯:春天来了! 大人和孩子脱掉厚厚的棉衣,换上了轻松的单装,有人拿出去年的风筝在广场上放飞……

沂城人的狂欢持续到深夜时分,有人发现每天准时到来的诗人竟然没有出现在广场上,更多的人也发现了这个异常,有人提议:"我们去找诗人吧,

是他把春天带到了沂城!"

　　沂城人表现出了空前的热情和团结,他们兵分多路,地毯式地在沂城里开始了大规模的寻找。一个小时后,沂城人在城南的一处拆迁了的空地上找到了诗人,诗人躺在一个简易棚里,身上穿着人们平日里见到的装束,嘴边还露出一丝微笑,手里紧紧地攥着几粒种子。

　　沂城人抬着诗人的遗体走出简易棚的时候,他们发现外面是和煦的春天,而诗人所在的简易棚里却寒冷如冬。沂城人想了很久也没想明白:整个沂城已经进入了春天,为什么唯独诗人所在的简易棚还留在冬天里?

朋友

　　我和王腾曾经是一对很好很好的朋友,是那种好得可以同穿一条裤子,同吃一碗粥的朋友。

　　我们一起上学,一起回家,一起打架,一起追女孩。在相识的前十年里,我们建立了兄弟般的深厚情谊;后十年里,我们渐渐地疏远了,远得快要忘记彼此的面目了。

　　一天,我在大福园酒店遇见了王腾,王腾问我,你最近在忙啥?

　　我说,还是老样子,瞎忙活。

　　王腾说,没事怎么不来找我玩了,是不是把兄弟忘了?

　　我有些结巴,怎么会忘呢,我这、不是来了吗?

　　大厅里人来人往,王腾说,咱俩找个地方说话。

王腾领着我去了一个包间,他坐在我的对面,脸绷得紧紧的,好像在生我的气。我心虚地端坐着,做出一副洗耳恭听的样子,王腾却拉开门走了出去。

我一个人等得心焦难耐的时候,进来一个女人,是王腾的老婆陶红。我急忙站起来打招呼,来了。陶红面无表情地嗯了一声,坐在王腾旁边的一个位子上。

门开了,又进来一个女人,是老婆陈燕,我说,你怎么来了?陈燕面无表情嗯了一声,坐在我旁边的一个位子上。

现在包间里有三个人,一个男人,两个女人。三个人干巴巴地坐着,谁也不说一句话。

门再次开了,王腾走了进来,他看了我们一眼,清了清嗓子。我盯着王腾的嘴巴,等着他开口说话,我已经有些迫不及待了。

这时候,有人蹬了我一脚,爸,尿尿。我迷迷糊糊地爬起来,抱着儿子去撒尿。儿子撒完尿后躺在床上很快就睡着了。我想着梦里的一切,那梦真实得就像刚刚发生过。

这些年来,我和王腾的确是疏远了,我们没有吵过,也没有闹过,可我们却陌生得像是路人。

第二天晌午,我拨通了王腾的手机,王腾,最近在忙啥?

王腾说,还是老样子,瞎忙活。

我说,没事怎么不来找我玩了,是不是把兄弟忘了?

王腾有些结巴,怎么会忘呢,我正想找你叙、叙旧呢。

我说,今天中午,我请你吃饭,在大福园,就我们两个人。

在去大福园的路上,老婆陈燕打来电话,你在哪里?

我说,我和王腾去大福园吃饭。

陈燕说,把我也带上吧。

我说,就我们两个大男人,你就别去了。

陈燕说,我今天忘带钥匙了,你把钥匙给我送回来吧。

我看着街上川流不息的车辆人流，我说，你来吧，我在中行门口等你。

我载着陈燕加快车速朝大福园驶去，刚到县委大门口，陶红从里面走了出来，陶红问，你们两口子去哪里？

陈燕说，我们去大福园吃饭，你一起去吧。

陶红笑着说，你们两口子去吧，我就不掺和了。

我说，你们姐妹好长时间不见了，一起去聚聚吧，王腾一会也去。

王腾已经提前到了，见我带来两个女人，他愣了一下。

酒桌上，陈燕和陶红聊得甚欢，她们聊孩子，聊时装，天南地北，我们两个大男人夹在中间，很少能插上几句话。

后来，王腾对陶红说，咱俩换个位子，你和嫂子坐在一起，我和大哥坐在一起，互相聊聊天。

在这个不大的包间里，两个女人聊着现实中的话题，两个男人聊着共同的过去。

包间里酒气扑鼻、菜香诱人，我们话语滔滔，笑声不断。我和王腾回忆起了流逝的美好时光：为了省下一份菜钱，我们两个人合伙打一份菜；为了不让别人知道我们只有一身衣服，我们交换着穿对方的衣服；我们共同欺负一个男生，最后被班主任踹了两脚；我们一起追邻班的一个长发女生，谁先追到就归谁……

回忆像五颜六色的彩球，越升越高，越飘越远。我们在回忆里笑声不断，欢乐不断，我们笑得忘记了喝酒、夹菜，忘记了时间，忘记了年龄，忘记了曾有过的隔膜和鸿沟，我们不停地笑，笑得眼泪都出来了……

这时候，有人又蹬了我一脚，爸，尿尿。我一翻身坐了起来，对着儿子的屁股拍了一巴掌，你怎么那么多的尿呀！

儿子撒完尿后上床睡了，我看着窗外一角渐渐亮起来的天空，想着梦里的一切，我起身去看挂在墙上的电子日历，日历上清清楚楚地显示着：二〇一〇年六月二十八日。

这天是王腾的一周年忌日。

陈墨

在郑大金生态肥业公司,陈墨比老总郑大金还牛 ×。

在这个滨海的县级市辖区内,分布着近百家生产复合肥的工厂和家庭式的小作坊。N 年前,崛起中的郑大金生态肥业公司在恶劣、无序的竞争环境中面临生存困难,在生死存亡的危急关头,陈墨研制出了一种新型肥料——营养肥。

通俗地说,营养肥就是农作物的营养师、保姆,就像母亲和孩子的关系,孩子什么时候饿了,需要什么营养,母亲会及时地给孩子喂食,补充营养。

营养肥的横空出世为郑大金生态肥业公司杀出一条血路,赢得市场的广泛赞誉,几年的时间就攻占了国内大量的市场份额,并且走出国门,远销欧美一些发达国家。

就在老总郑大金对陈墨刮目相看,欲提拔重用时,陈墨却不辞而别,没有人知道他去了哪里。

陈墨离开公司后的三年里,郑大金生态肥业公司发生了翻天覆地的变化,新建了崭新的厂区,现代化的办公楼,厂区外有完善的配套服务设施:居民小区、超市、学校、医院、银行、浴室、发廊等。

三年后的一天上午,陈墨毫无征兆地闯入郑大金投资的一所学校。当时,语文老师金燕在给高二的学生讲课,陈墨甩着两条细长的胳膊,大步跨上讲台,完全无视金燕的存在,拿起课本对着台下的学生滔滔不绝地讲起来。下课铃刚一响,陈墨的讲课戛然而止,仍然无视金燕的存在,昂首大步迈出教室。

陈墨刚走出教室,雷鸣般的掌声骤然响起来,一直站在讲台边的金燕像是刚从梦中醒来,用力地拍起了巴掌。

在同学们的强烈要求和郑大金的直接干预下,陈墨当了一名代课教师,取代了金燕的位置,金燕被调到了另一个班级任教。金燕并没有怨恨陈墨,据说她还因此爱上了陈墨。金燕的一个闺蜜说,金燕现在只要看到陈墨,心里就有过电般的战栗感觉。

出乎所有人的意料,陈墨所带的班级有五名学生分别考入中国最著名的两所大学,创造了该校乃至该市的最好成绩。家长们纷纷托关系找路子要把自己的孩子送进陈墨所带的班级。让家长们和全校师生颇为意外的是,陈墨再一次从大家的视线中消失了。

好事者最终在一个小诊所里发现了陈墨。一个脸蛋瘦长、皮肤白皙、身材丰腴的年轻护士在给陈墨打针。陈墨的裤子半退着,大半个屁股暴露在外面,细长的针扎进陈墨的屁股,陈墨似乎没有一点疼感,仿佛那冰冷、又尖又长的针扎的是别人的屁股。

每隔一天,好事者就会看见陈墨定时出现在那家小诊所,扎针的永远是那个脸蛋瘦长、皮肤白皙、身材丰腴的年轻护士。好事者暗中观察了数次,陈墨几乎不和年轻护士有语言、眼神的交流,他的眼睛始终空洞地看着某个地方,即使是年轻护士弯下腰,陈墨只要转过头就能看到她胸前一对诱人的"小白兔",他却不为所动,显然,年轻护士不在他的兴趣范围之内。

就在好事者对事情的发展渐失兴趣时,有人发现单身的金燕在周日的上午提着一篮子菜进了陈墨的家,这一发现再次勾起了好事者的求知和探索欲。好事者守候在陈墨家周围,看到金燕直到中午时分才出来,好事者兴奋地发布消息:原来陈墨喜欢的是语文教师金燕。让人琢磨不透的是,到了下午时分,年轻护士迈着性感的步子进了陈墨的家,直到夜色笼罩时分才出来。

本剧中的主角、配角连番上场,大有你方唱罢我登场的局面。谁也没有想到的是,剧情在这时戛然而止,直接进入了结尾。

陈墨搬家了。好事者千方百计、费尽曲折从金燕处打探到陈墨离开的理由,那是一声在正常人看来不太正常的理由:陈墨离开是想做一个普通人。好事者听了这话,鼻子里发出一个不屑的重鼻音:你不就是一个不正常的普通人嘛!

好事者最后从年轻护士的一个同事中打听到一个消息:陈墨是一个自闭症患者。

西酷

繁华闹市区中心有一幢高楼,面南背北,一楼专售"吸裤"女性卫生用品,导购小姐全是一水的年轻女孩,令人赏心悦目。

老板西酷介于三十至四十岁之间,瘦高个、平头,西酷参与设计的女性卫生用品"吸裤"深受年轻女性的喜爱。

"吸裤"采用西酷名字的谐音,类似于女性的底裤,纯棉、超薄,产品上市之初就打出了让女人们心动的广告语:吸尽女人的烦恼,像男人一样超酷。

西酷的名字连同"吸裤"这个品牌在年轻女性中广为流传,成为众多女性心目中的偶像。

西酷的办公室在大楼的十一层,他很少待在办公室,平日里去得最多的

地方是楼顶。

楼顶是一个练功的好地方。西酷少时随师习武,成年以后依旧勤奋修炼,外人都知他习武,却不知他达到何境界。

这天傍晚,西酷在楼顶教几个年轻人练功,手机响起,领班汇报:卖场里有一名黑衣男子捣乱。西酷让几个年轻人去卖场处理,十多分钟后,手机再响,黑衣男子已被赶走。

黑衣男子是东哥的徒弟,东哥也习武,号称功夫第一,无人可敌。东哥听说西酷功夫了得,特派徒弟来探虚实,谁知西酷从不出手,只见识了几个年轻弟子的拳脚。

徒弟报来西酷弟子的武功路数,东哥冷哼一声:"此人久在女人脂粉堆里浸泡,多柔媚而少阳刚之气。"

东哥开了一家男士用品专卖店,生意做得不温不火。打拼多年,东哥的资产不及西酷的十分之一,让东哥更为恼火的是他喜欢的女人竟然嫁给了西酷。

东哥曾经有过一次婚姻,与前妻离婚是因为一个叫端木的女人。东哥追端木多年未果,西酷的一个眼神就俘获了端木的芳心。

端木成了东哥心中的一个结。

几个月后的一天,东哥带着几个小徒弟闯进西酷新开的一家女子武馆,西酷在教新学员一些基本的防卫术,西酷的妻子端木也在。

西酷见东哥来者不善:"东哥是稀客,大驾光临,有何指教?"

东哥哈哈大笑:"久闻老弟功夫了得,今日想和老弟切磋一番。"说完,昂头看一眼端木。

西酷对东哥的心思一目了然,明为切磋,实为踢馆。

东哥脱下外套,露出一身功夫衫,对西酷抱拳施礼。西酷见此情景,唯有迎头而上。当下抱拳回礼,蓄势以待。

一路拳脚使下来,西酷对东哥刮目相看。东哥越斗越勇,西酷渐落下风,眼见败局将现,西酷纵身跃开,站在一米开外朝东哥抱拳施礼:"东哥好身手,兄弟甘拜下风。"

东哥走后,西酷继续教新学员一些防卫术,他的脸上完全看不出落败的颓废和沮丧。

西酷败给东哥的消息不胫而走,有人问西酷:"此事可真?"

西酷答:"真。"

又说:"东哥功夫了得。"

那人把西酷的话传与东哥,东哥哈哈大笑,心中的郁闷之气一扫而光。

气消了的东哥依然做他的生意,练他的拳脚,还和西酷做了朋友。西酷给东哥介绍了个年轻的导购小姐,一年后东哥和导购小姐结了婚。

婚宴上,喝醉了酒的东哥朝西酷伸出大拇指:"兄弟,你是真男人。"

西酷微微一笑。

东哥又伸出一个大拇指:"兄弟,你是男人中的男人。"

西酷这次没笑,他看了一眼盛装的新娘,新娘眼里的流光倾洒了他一身。西酷转过头,想起给东哥介绍女朋友前的那个晚上,他去找导购小姐。导购小姐租住在一栋公寓的顶楼,上楼之前,西酷看见明月照高楼,流光正徘徊。

那天晚上,西酷到了下半夜才回家。

小样

小样今年二十五岁了,还没谈过一次恋爱,和小样一同进单位的小军和小虎都有了女朋友,并且到了谈婚论嫁的地步。

PART 3 诗人

两天前,小军的父亲来宿舍里找小军,小军和女朋友去逛街了。小样问小军的父亲有啥事,小军的父亲说:"小军要订婚了,我来给他送点钱。"小样听了惊得半天没合上嘴巴,小军和女朋友只认识了一个多月,这么快就要订婚了?小军的父亲走后,小样一个人在宿舍里发呆。小虎回来后看见小虎在发呆,他对小样说:"你应该找个女朋友,谈一次恋爱了。"小样抬头看了一眼小虎,小虎在收拾被褥和个人用品:"小虎,你这是——"小虎说:"我要搬走了,和女朋友一起住。"

晚上,小样躺在床上想着和他一同进单位的几个人:小军、小虎,还有三个女孩。三个女孩中的两个已经被小军和小虎攻占了,只剩下一个叫玫瑰的女孩。玫瑰个子不高,有点胖,但不是特别胖,说得好听些是丰满,有一张可爱的娃娃脸。在单位里遇见小样的时候,玫瑰的那张娃娃脸两颊粉红,嘴边溢出笑意,似乎对他很有些意思。小样想:六个人中只有他和玫瑰是单身,是老天把玫瑰留给了他,现在是他主动出击的时候了。

第二天下午下班后,办公室里的人都走得差不多了,小样手里拿着两张电影票,等待在玫瑰必经的楼梯口。小样的心跳得很急,他一边在心里默念着事先想好的话,一边焦急地看着手机上的时间。终于,小样听到楼梯里传来了玫瑰的脚步声,那声音像一把锤子急敲着他的胸口。当一个熟悉而又渴盼的声音在小样耳边响起的时候,他的耳朵里"嗡"的一声,似乎有一个定时炸弹在瞬间起爆了,爆炸声中,小样像一只没头的苍蝇,慌乱中跑进了女厕所。

事后,小样狠狠地抽了自己两耳光子:你慌什么?你为什么要朝女厕所里跑?小样自责得想自杀。

早晨上班的时候,小样特别害怕遇见玫瑰,害怕她问他为什么要逃到女厕所。坐在办公室里,小样的头老是低着,仿佛做了什么见不得人的事情。直到下午下班,玫瑰也没来找他,同事们还是原来的样子,看不出有什么让人生疑的地方。第二天、第三天也是如此,到了第四天,小样的一颗心终于落了下来,看来自己的担心是多余的。

就在小样以为一切平安无事的时候，小虎带来一个不好的消息：销售科的克南在追玫瑰。小样说："不会吧，克南会看上玫瑰？"小虎说："怎么不会，克南本周日邀请玫瑰去游泳，玫瑰提议让克南把我们当初一起进公司的六个人都邀请到。"小样在鼻子里哼了一声说："不去。"小虎说："怎么不去，你一定要去，克南和玫瑰现在还没有确定关系，你要把玫瑰夺回来。"

周日那天，小军、小虎都带着女朋友去了，小样为了不落单，把他的表妹带去了。进了游泳馆，小样看见玫瑰和克南已经换好了游泳衣，正坐在池边亲热地说着话，小样的脸色当时就变了，转身要走。表妹一把拉住他："别忘了你今天来的目的。"

换好游泳衣，表妹牵着小样的手走向泳池。表妹的身材高挑、皮肤上像抹了一层凝脂，白皙而光滑，身上该凸的凸，该凹的凹，引得一众人目不斜视。

走到玫瑰身边的时候，小样看到玫瑰的眼神很是复杂，有艳羡，有嫉妒，似乎还有一点仇视，小样的心里莫名地有了一丝报复的快感。

在游泳池里，表妹像一条美人鱼，欢快地畅游着，因为心情有了好转，小样也玩得很痛快。休息的时候，表妹和三个女孩围在一起闲聊，小样看着她们神神秘秘的样子，悄悄地靠过去，偷听她们谈话。走到距离她们比较近的时候，小样的眼睛突然睁圆了，他看到了不该看的一幕：玫瑰的游泳衣背带突然断开了，遮挡住胸部的游泳衣朝下滑去，一对小白兔般的乳房暴露出来，那两团炫目的白几乎令小样的心脏停止了跳动。且慢，小样在那两团炫目的白里发现了异样，玫瑰的一对乳房不对称，一大一小。小样在确定了自己的判断后，以迅雷不及掩耳之势蹿到玫瑰身边……

小样和玫瑰结婚的当天晚上，小样再一次把手放在玫瑰的那对小白兔上，给她讲起小时候的故事："小时候，我要摸着母亲的乳房才能睡着觉。有一天，我在母亲的左乳上摸到一个小疙瘩，用手按的时候，有点硬硬的。母亲去医院里检查，竟然是乳腺癌。多亏发现得及时，如果再晚两个月，乳房就得切除了。"玫瑰说："怪不得那次在游泳馆里，你摸完我的乳房后说是乳腺有问题,让我去医院里检查呢,当时我都被你吓傻了。"小样笑着说:"要不是我当时抢先下手,现在说不定就被别人下手了!"玫瑰一把打掉小样的手:"你个讨厌的坏小样!"

鱼蓉

这个春天的早晨,鱼蓉吃过饭,碗筷未洗,猪没喂,牛也没喂。

院门洞开,穿过宽敞的院子,走进堂屋,迈进内室,鱼蓉坐在梳妆镜前描眉画目。鱼蓉的那支眉笔还是前年春节买的,后来有了女儿,她的一门心思就全在女儿身上了,疏于打扮,整个人也变得邋遢起来。

描画完眉目,鱼蓉开始描唇,先描出细细的唇线,再涂抹上惊艳的红,就连容易忽略的嘴角部位,也仔细地涂抹上去。涂完唇,鱼蓉看了看镜子里立体、丰腴、性感的红唇出了堂屋。

院子里停着一辆电动车,鱼蓉偏腿骑上去,出了院门。

村中的小卖部前,几个老人蹲在墙根剥花生,鱼蓉的电动车从他们身旁驶过时,老人的目光追着她走出很远的一段路,直到鱼蓉消失在小巷的尽头。鱼蓉能够感受到老人们的炫目惊心,这正是她想要的效果。

路上,鱼蓉遇见近门的一个婶子,婶子四十多岁了,头上裹着灰头巾,低着头、躬着腰,像个老年妇女。婶子问鱼蓉去哪里?鱼蓉说,在家里闷得慌,出去遛遛。

出了村,视线豁然开朗,虽是初春,风还凉飕飕的,阳光却好,像一双暖暖的手在脸上来回摩挲着。

鱼蓉骑着电动车从王庄穿过郇庄,越过张庄,在丁庄子停留了片刻又来到孟林村。

正午时分,无风,阳光下的孟林村像是一个男人的巨大怀抱,让人想躺一躺,靠一靠,舒舒服服地睡一觉。

村子里很静,偶尔有几条狗有一声无一声地叫着。鱼蓉看见一个男人在牛栏里挖牛粪,男人上身只穿着一件薄毛衣,脸上有汗珠子聚集,滴答、滴答,落了下来。

鱼蓉走到男人跟前,男人抬起头看鱼蓉,鱼蓉也看男人。

鱼蓉说,大哥家有人吗? 我渴了,想喝一杯水。

男人盯着鱼蓉从头看到脚,又从脚看到头,最后盯着她惊艳的红唇。男人笑了,我不是人吗?

鱼蓉躺在男人的床上的时候还是清醒的,后来就醉了,醉得一塌糊涂。醒来的时候,鱼蓉听见有鸡在窗外咯咯咯地叫着,她穿上衣服,不看男人一眼就朝外走。

回到家,鱼蓉关了门,躺在床上睡觉,她做了一个梦。麻强进来的时候,鱼蓉的梦还没做完。

麻强一脚踢开门,把鱼蓉从床上提起来,拉到床下,鱼蓉光着两只脚,头发披散着。

麻强问,你个臭娘们去哪里了?

鱼蓉问,你呢,你一夜没回去了哪里?

麻强说,我去打牌玩,你知道的。你一个上午去了哪里?

鱼蓉说,我在家里闷得慌,出去遛遛。

麻强问,你打扮得像个妖精去哪里发骚了?

鱼蓉问,你输了多少钱?

麻强一巴掌打在鱼蓉的脸上,鱼蓉捂着半边脸,回敬了麻强一巴掌。麻强愣了一下,扯着鱼蓉的头发,一拳击中了她的腹部。他的嘴里骂骂咧咧,你去勾引哪个野男人了？

鱼蓉捂着肚子喘息着,她抬起头,咬着牙,毫不畏惧地瞪视着麻强,你给我记住了,只要你还去赌钱,我就去外面找野男人。

鱼蓉的话彻底激怒了麻强,他的拳头雨点般落在鱼蓉的身上,鱼蓉抱着头蜷缩在地上。打累了,麻强坐在椅子上瞪着一对牛眼呼哧呼哧地喘着粗气。

后来,麻强的手机响了,麻强接完电话就朝外走,刚走了两步,他回过头对鱼蓉说,你要是再敢去找野男人我剥了你的皮。

鱼蓉从地上站起来,你去赌钱我就去找野男人。

麻强一个箭步蹿过来,一脚踢倒了鱼蓉。鱼蓉死死地抱住麻强的腿,麻强的拳头雨点般地落下来。

麻强的手机催命般地响了,麻强看一眼手机,一拳打在鱼蓉的左胳膊上,又一拳打在鱼蓉的右胳膊上,鱼蓉抱住麻强腿的两只胳膊松开了,麻强转身朝外走。鱼蓉不顾身体的疼痛爬起来,麻强出了院门后看见鱼蓉上了电动车,他折身回来,拦住鱼蓉。鱼蓉昂起头盯着麻强,麻强瞪着一双牛眼直视着鱼蓉。两个人在院子互相敌视着,像前世的一对冤家。这期间,麻强的手机响了无数次,后来,再也没有响过。

日头一点点地西斜,从院门上方移到茅厕顶,移到牛栏顶,移到院墙西,后来,沉到一个看不见的角落里,天黑了下来。

鱼蓉和麻强雕塑般对视着,谁也不甘示弱。邻家飘来饭菜的诱人香味,麻强的喉结动了一下,一口唾液咚地咽了下去。赌了一夜,麻强到现在还没有吃饭,他又饿又累又乏,两条腿都站不直了。

后来,邻家传来关院门的声音,有人从巷道里走过,一条狗突兀地叫了几声,夜静了下来,风有了刺骨的凉意。麻强感觉支撑着他的那根柱子仿佛被人抽走了,身体一点一点地软下去,他活动了一下腿,腿还在,他踉踉跄跄地晃进了堂屋。

麻强歪躺在床上,脸是黑紫色的,像是中了很深的毒。鱼蓉给他倒了一碗热水,一碗水进到肚子里后,麻强的脸才有了一点红。鱼蓉把热菜和热饭端到桌子上的时候,麻强看着那些诱人的饭菜,他本来想拒绝的,他的手和嘴巴违背了他的旨意,它们疯狂肆虐着桌子上的饭菜。

吃饱喝足后的麻强躺在床上打着山响般的鼾声,鱼蓉歪靠在沙发上,头一顿一顿地低了下去,后来,她睡着了,嘴边流下长长的涎水,涎水里有一点红,那是唇上的一抹惊艳。

李砂锅

这个世界确实太小了,我和李砂锅在人潮涌动的街头相遇了。

李砂锅的右手紧握着我的右手:"大哥,我终于找到你了。"他的左手伸向我的腰间:"大哥,你的手机呢?"

我说:"我已经很长时间不用手机了。"我又说:"我情愿去街头的话吧里打电话也不愿使用手机,手机对人体的副作用太大了!"

李砂锅朝我诡秘地笑了一下:"不是吧?我听说你已经下岗了,嫂子把你的手机停了。"说完,李砂锅的两只小眼左右看了看,我的左右是川流不息的行人,没有人注意到我们。李砂锅压低了嗓音问:"大哥,听说你要和嫂子离婚?"

我说:"是的。"

李砂锅睁大眼睛好奇地问:"你现在已经没有工作了,怎么还要和嫂子离婚?"

我说："我现在要靠你嫂子养活了,一个男人活到这个份上,还有别的办法吗？"

李砂锅听了我的话若有所思地点了点头,他看着远处的那座钟楼,眼睛里空茫茫地。

李砂锅问完他想问的话就消失了,像一滴水融进了大海里。

其实,我对李砂锅所说的都是谎言,我的手机在我的公文包里,我没下岗,我目前也没有和妻子离婚的打算。我对李砂锅撒谎主要是我不想看见他,不想看见他的原因是他这个人有点"黏"人,而且他对一个问题喜欢打破砂锅问到底。

我举个例子,有一次,我和女朋友请他吃饭,吃到一半的时候,女朋友去了卫生间。李砂锅迫不及待地把嘴巴凑到了我的耳朵边："大哥,你们在一起住吗？"

我说："你问这些干吗？"

李砂锅说："大哥,你不要不好意思,在一起住很正常的。"

我说："在一起住。"

李砂锅听说我们在一起住顿时来了兴趣,他的嘴巴几乎咬到我的耳朵："你们真在一起住了？！是睡在同一张床上吗？"

我点了点头。

李砂锅的脸激动得竟然红了,他说："大哥,你厉害！"他又问："那你们做那事了吗？"

我心里已经很烦了,李砂锅依旧穷追不舍,直到女友重新坐在饭桌前他才住了口。

后来,我从原单位里出来了,李砂锅仍在到处打听我的消息。

再次见到李砂锅是在一个烧烤摊上,我和李砂锅要了四十支羊肉串和一扎啤酒,我们边吃边聊。

李砂锅问我："大哥,你和嫂子离了吗？"

我说："快了。"

李砂锅又问:"你们离婚后孩子怎么办?"

我说:"儿子是我的种,我不会给她的。"

李砂锅又问:"你们住的房子呢?"

我说:"我打算把房子卖掉,房款一人一半。"

李砂锅很反常地没有再问下去,他喝了一大口啤酒,羊肉串烤得不是很熟,他嚼得有些费力。

分手的时候,我和李砂锅一个东摇一个西晃,像两只摇摆的企鹅消失在城市的角落里。

这一别就是半年多,半年多的时间里我没有再见到李砂锅。

二〇〇七年的一个暖暖春日里,我在路上拦了一辆出租三轮车去一个地方,上车的时候我认出了开三轮的竟然是李砂锅,李砂锅朝我尴尬地笑了笑。

坐在三轮车上,我和李砂锅一路走一路聊,我问李砂锅:"你现在又干上了第二职业?"

李砂锅不好意思地笑了:"我一年前就下岗了,可我一直没敢告诉我老婆。上次我和你喝醉酒后回到家,我借着酒劲把一切都告诉了老婆,说完了,我还很牛气地要和老婆离婚,可我没想到她竟然同意了……"

李砂锅又问我:"你现在和嫂子也离了吧?"

我心虚地说:"还没有呢。"

李砂锅听完我的话突然把三轮车停在了路中央,他激动地说:"你怎么还没离呢?"

愤怒使他的脸变了颜色,他说:"你这人怎么这样呢,你要是不离你早说呀,你看我现在已经离了,你这不是在骗我吗!"他喘着粗气说不下去了,后来,他抓着我的衣服把我从车上拉了下来,再也不看我一眼,开着他的三轮车扬长而去。

宽阔的柏油路上只有我一个人痴呆呆地站立着,我的眼前是三轮车吐出的一缕长长的黑烟。

唐芙蓉

唐芙蓉在臭美。

唐芙蓉的前面有一个镜子,后面还有一个镜子,镜子里的唐芙蓉顾盼生姿。

唐芙蓉对自己的身材是很自信的,她的胸部波涛汹涌,臀部像安了两个篮球,腰部却细得两只手可以对掐。上帝在造人的时候总要给人留下遗憾,唐芙蓉在拥有了魔鬼般的身材后,却生了一张胖胖的脸,眼睛细成了一条缝,鼻子塌塌的,嘴唇厚厚的。

唐芙蓉自称是文人。唐芙蓉不会写诗,却会作文,她贴在博客上的文章引爆了无数眼球,每一篇文章都有一个贼亮的标题,内容风趣、时尚、另类、还有一点点的"腥",就像一个诱饵,引来无数的"猫儿"。

无论多鲜美的诱食,猫儿也有吃腻的时候。唐芙蓉每隔一段时间,就会抛出一枚重型炸弹,这些重型炸弹是唐芙蓉的写真照,有时是波涛汹涌的胸部,有时是臀部的篮球,有时则是薄纱后面若隐若现的美腿。

喧嚣过后的静夜,唐芙蓉也会想起从前一个人默默写作的日子,那些静得可以听见花开的日子像流水一样流过,再也不复返。

唐芙蓉曾经有过一个爱她的,她也打算和他一起慢慢变老的爱人,那个男人在婚后像变了一个人,不思进取,整日沉迷于网络游戏。她和他吵过也闹过,可他一副死猪不怕开水烫的态度让她彻底死了心。

唐芙蓉在三十三岁那年离了婚。

三十三岁的唐芙蓉彻底抛弃了原有的陈规陋俗,她热情、激烈、奔放。唐芙蓉在网络中有无数个情人,他们为她疯,为她狂,她就是他们的女王。现实中的唐芙蓉却是失望的,她和数个男人见过面,那些男人在意的只是她性感的肉体,从来不去欣赏她所谓的文章,她的文章在他们的眼里还不如她的一根脚指头。

唐芙蓉在一次次深深的失落、失望,甚至绝望中,她遇见了一个男人,这个男人是她的一泓清泉,是要救她于水火之中的。

认识马作家是在一个小型笔会上,马作家是笔会的发起人,他联系到了一个新开发景区的赞助,参加会议的成员是本市一些有名气的青年作家。

笔会后的招待晚宴上,主办方极尽地主之谊,几个陪酒的年轻人能言善语,酒势凶猛。唐芙蓉不善饮酒,两轮过后,唐芙蓉满面桃花,不胜酒力。几个年轻人却不依不饶,似乎要不醉不罢休。

关键时刻,马作家挺身而出:"酒是好东西,但喝的时候要悠着点,而且,这么养眼的美女坐在大家面前,大家要懂得怜香惜玉嘛!"

年轻人掉转矛头对准了马作家:"既然马作家要怜香惜玉,那么唐小姐的酒就请马作家包揽了吧。"

马作家微微一笑,来者不拒,一杯杯的酒流水一样进入他的腹中,唐芙蓉惊讶地看着这个男人为她大口地喝酒,她的心里有了微微的感动。

住宿地点就安排在景区的仿古茅草屋里,茅草屋以土为墙,以茅草为顶,前面有一个小院子。院子里有灶房,有会客厅,有鸡舍,有猪圈。屋内有空调,有储藏冷饮的冷柜。

那晚,由于参加笔会的男、女作家中各有一个单数,大家就笑着闹着把唐芙蓉和马作家推拥进了一个小院子,唐芙蓉住堂屋,马作家睡侧房。

是夜,月光如洗过一般清爽,有人在门外喊:"喂猪了!"唐芙蓉莞尔一笑,打开院门,一男一女抬着一桶猪食走进。圈里的猪听到唤声,蜂拥至猪槽,唐芙蓉突然来了兴致,她舀了一瓢猪食,几头小白猪哼哼唧唧地仰起脸

看着她，猪食倒进槽里，小白猪们贪婪吞食的样子，让唐芙蓉看呆了。

猪吃饱了，鸡开始上架了，院门也紧闭了，桂树下的那张小木桌上已经沏好了一壶绿茶，马作家端坐在木桌的一角微笑地看着她。

月光如银，微风拂来，桂树上并无桂花，一树枝枝丫丫的绿正繁茂着，唐芙蓉却听见花开的声音了，那么清晰，仿佛就在她耳边盛开。

马作家

马作家在联系买单的。

马作家请人吃饭都是找别人为他买单。马作家在一个小机关里，身份低微，拿一份微薄的薪水。

马作家酷爱文学，在当今社会，和文学结缘的人大多是贫困、低微的，除了文学，他们一无所长。他们的性格也大多是善良和软弱的，不可能在仕途上有所作为，也很少有把生意做得风生水起的。

因为喜欢文学，马作家至今仍住在五十多平方米的旧楼房里，家里只有一台要淘汰的电视机，一台嗡嗡作响的电冰箱，别人的交通工具已经过渡到小轿车了，他仍旧骑着一辆吱吱作响的自行车去上班。因为喜欢文学，老婆和他离了婚，老婆离开他的时候仍旧恨得牙根发痒："老娘下半辈子就是去当鸡，也不跟着你这窝囊废过了！"

马作家并没感觉到现在的生活有多么苦，相反，他对此是满意的。他的工作清闲，有大把的时间安心创作；一日三餐虽然以青菜为主，衣服也多是便宜的货色,但相比那么多下岗、没有职业的,他的心里就有了一点平衡感;别人开着小轿车招摇过市的时候,他在心里安慰自己,别看他们现在挺舒服,出了事故,哭都来不及呢!

所以,我们的主人公马作家对现在的生活是满意的,不但满意,他还感觉幸福,因为他喜欢上了一个叫唐芙蓉的女人。

一个月前的笔会上,马作家见到了这个在网上特"疯"的女人,见了真人,却没有想象中那么张扬、那么闹。她静静端坐的样子引起了他的好感,尤其是她在酒桌上被一群人围攻得无力还手的时候,他像个英雄一样横空出世,替她喝下了所有的酒,即使是毒药,他也会替她喝下的。

是夜,他和她在桂树下对月品茶,风是清的,月是朗的,语言已经变得可有可无。杯子空了,又满上,满上,又空了,他们似乎说了很多,又似乎什么也没说。直至弯月西斜,各自回屋歇息,他的心里竟然没有一点邪恶的念头。

笔会回来后,马作家一直克制着不去和唐芙蓉联系,他想用时间来证明她在他心里的位置,一个月过去了,他终于忍耐不住向唐芙蓉发出了邀请。

现在,马作家就等候"君再来"酒店,他还联系到一个买单的。这个买单的是某部门有点实权的李科长,李科长喜欢追风附雅,马作家经常帮他改稿子,推荐发表文章,让他买单也就不是什么困难的事情。

唐芙蓉走进房间的时候,马作家和李科长都吓了一大跳,两个人正低着头看李科长的那篇文章,唐芙蓉来得没有一点声息。

李科长抬头看到唐芙蓉的时候,他的脸色一下子变了,先是煞白,接着是水淹般一片红。

唐芙蓉也认出了眼前的李科长,她的两只脚动了动,似乎想逃离这里,但马作家已经指着一个座位对她说:"来,坐这里吧。"

花色的拼盘端了上来,大盘大盘色香味俱佳的菜肴端了上来,杯子里的酒也满上了,空调在嗡嗡地运转着,李科长和唐芙蓉的脸却是冷的、不自然的,任他们怎么伪装也无法掩饰。

这酒是没法喝了,就是一个傻子也看出他们之间有问题了。唐芙蓉低着头吃菜,李科长在手机上鼓捣着什么,一会儿的工夫,他的手机响了。接完电话后,李科长说单位里有急事,逃也似的走了。

房间里剩下马作家和唐芙蓉尴尬地坐着,马作家有意要打破这尴尬的气氛,话说出来却干巴巴的,像被挤干了水分。

李科长走后再没有回来,马作家拨他的手机,关机。马作家的汗唰的一下流了出来,马作家的兜里只有一百元钱,今天的这桌饭菜没有五六百元是拿不下来的,他的大脑在飞速运转着,寻思着该怎么应付今天的局面。

马作家去了一次卫生间,他再次拨打李科长的手机,依旧关机。他找出朋友的电话,打算向他们借钱,考虑了很久,却张不开口。他该怎么说?说他请人吃饭没带钱吗?说他找了个替他买单的,那人却提前溜走了吗?

只好回到房间,房间里却没有人,马作家正纳闷着,手机短信铃音响了,是唐芙蓉发来的:我有事先走了,帐已经结过了。

此刻,房间里只剩下马作家一个人,空调依旧在嗡嗡运转着,马作家脱下外套,面对着一桌子的酒菜,他大口喝着酒,大口吃着菜。酒桌上的酒瓶空了,盘子里也是一片狼藉,马作家披上外套,喷着酒气,朝外走去。

小城灯火正通明,无月,风里夹杂着烟尘气,马作家推着他那辆吱吱作响的自行车踉踉跄跄地走在小城的马路上。

马作家走过小城里最高的钟楼,走过最大的广场,走过最宽的马路,走到老城区,走进那套只有五十多平方米的老房子里,马作家躺在那张他睡了近二十年的大床上,第一次,他失声痛哭。

>>>> PART 4
树上的父亲

　　我从树上站起来,伸长脖子,我想看看日头掉在了什么地方,这时候,我听见父亲说了一句:"下来吧,回家了。"我像猴子一样从树上滑下来,父亲牵着我的手,我的手冰凉冰凉的,父亲的手暖暖的。

树上的父亲

父亲曾经是两家饭店的老板。

父亲承包的第一家饭店是距王庄五里地的沭水乡政府食堂。最初的沭水乡政府食堂只有几间简陋的房子，两个上了年纪的伙夫，一个男的，一个女的，他们的工作就是为大院里的干部职工做一日三餐。

父亲承包食堂后，把几间简陋的房子装修一新，在临街的一侧开了个门，在县城里请了两个大厨，放了几挂鞭炮，就算正式开业了。开业后的饭店还叫食堂，不仅照常为大院里的干部职工做一日三餐，同时承揽了乡政府的日常招待、宴请，大院以外单位和个人的宴席订单也在承接范围之内。

一九八六年的沭水乡，只有"农家乐"和"东风酒家"两家饭店，短短半年多的时间，父亲的食堂就在沭水乡一枝独秀。

生意的红火让父亲的野心膨胀，一九八七年的春节过后，父亲又承包了大岭乡政府食堂。新食堂开张后，父亲更忙了。为了加强对食堂的管理，父亲让大伯家的关哥管理沭水乡政府食堂，让二伯家的喜哥管理大岭乡政府食堂。

父亲承包食堂的前三年里，生意红火得让外人眼红，走到哪里都有人热情地和他打招呼。在那个摩托车稀少的年代里，父亲骑着他的"幸福125"摩托车在两个乡镇之间穿梭着，那是父亲一生中最快乐，最意气风发的时光。

就在父亲雄心勃勃地酝酿更大规模的扩张时，大岭乡政府食堂的经营出现了亏损，亏损的数额越来越大。

一天晚上，父亲已经洗完脚要上床睡觉了，他突然披上外套就朝外走。父亲骑着"幸福125"来到大岭乡政府食堂，食堂大门紧闭，里面却亮着灯。父亲用钥匙打开门，看见喜哥正和党政办的老张，烟酒店的老李，还有批发部的小孙打麻将，老张、老李和小孙的跟前堆了一堆钱，喜哥已经输得脸上冒汗了。

喜哥把饭店里的大部分钱都拿去赌博了，父亲没有开除他，只把他下放到后院里洗刷碗筷。

让父亲想不到的是，接下来发生的事情大大出乎他的意料。喜哥和党政办的老张密谋，由乡政府的干部出面，终止了父亲承包食堂的合同，喜哥成了真正的老板。

喜哥夺走大岭乡政府食堂的那年年底，父亲看重的关哥在食堂竞标大会上和父亲公开竞争，并且如愿拿下了沐水乡政府食堂的承包权。

一年之中，父亲承包的两个食堂拱手被人夺走，这两个人不是别人，是他最看重、最可信赖的亲侄子，父亲一下子病倒了。

一九八九年的一个周末，我放学回到家时，邻居周婶告诉我："你爹病了，在县医院里住着呢。"

我在县医院里见到了父亲，眼前的父亲已经瘦弱苍老得变了形，眼泪从我的眼眶里涌出来，我呜呜地哭着，怎么劝也劝不住。

父亲病好出院后又回到了王庄，父亲很少待在家里，每天吃过早饭，他嘴巴一抹就朝外走，直到吃饭的时候才回来。

一天中午，母亲做的饭菜都凉透了，父亲还没回来。母亲从庄东找到庄西，最后在庄西的一片树林里找到了父亲。

父亲正坐在一棵粗壮的树上，树不高，树茎的上部分出了数个枝杈，那些伸展的枝杈在顶部聚拢成一个天然的座位，座位的正中间坐着我那苍老的父亲。

父亲手搭凉棚，眯缝着眼睛看着飘带一样蜿蜒曲折的村道。正午的阳光灼灼,偶尔有一两个耷拉着脑袋的路人恹歪歪地走过。

沿着林子旁边的村道一直走下去,可以到达沭水乡政府驻地,村道的中部有一条分岔小路,可以延伸到大岭乡政府所在地。在这个初夏的正午,父亲的目光穿过林子里那些枝繁叶茂的大树,沿着飘带一样的村道直达乡政府驻地,父亲闻到一股浓郁的菜香了,香气是从厨师老庞的炒勺里飘出来的,嘴上叼着香烟的老庞在油烟中熟练地颠着炒勺,他还看见服务员小周、小黄在厨房和餐桌间来回穿梭着……

父亲呆呆地坐着,他忘记了周遭的一切,母亲的一声咳嗽把父亲惊得差点从树上掉下来,父亲问:"你怎么来了?"母亲说:"你在树上干什么?"父亲从树上滑下来,不去理会母亲的惊诧和疑问,转身朝家里走去。

父亲爬树的事情在王庄传得沸沸扬扬。有人说父亲的精神出了问题,有人说父亲没有颜面待在王庄了,还有人说父亲坐在树上是做给他的两个侄子看的。父亲不去理会村人的闲言碎语,依旧我行我素。

夏天过去了,秋天来临了。一天傍晚,我去林子里找父亲回家吃饭,父亲正蜷缩在树上,像一只孤独的大鸟,我仰起脸朝树上喊:"爹,回家吃饭了。"

父亲听见我的喊声,沿着树干慢慢地滑下来。父亲从树上下来后,拉着我的手就走,我挣脱父亲:"爹,我想上树玩一会。"父亲看着我,没有点头,也没有摇头,我朝父亲嘿嘿一笑,三下两下就爬上了树。我坐在父亲的"宝座"上,好奇地东张西望,几只鸟在高高的树上有一声没一声地鸣叫着,有那么片刻,林子里死静,只有落叶的刷刷声。

是傍晚了,风有了些微的凉意,我抱紧身子,像父亲那样蜷缩着。日头在一点一点地下沉,后来,我看见日头跳了一下,跳进了一个深不见底的深渊里,我从树上站起来,伸长脖子,我想看看日头掉在了什么地方,这时候,我听见父亲说了一句:"下来吧,回家了。"我像猴子一样从树上滑下来,父亲牵着我的手,我的手冰凉冰凉的,父亲的手暖暖的。

走到家门口的时候,父亲突然朝我笑了笑,他嘴边的笑意像一圈圈的波纹，一波一波地延展着，仿佛有一团耀眼的红一跳一跳地从深渊中探出头，到最后，它拼尽了全身的力气腾空一跃，火山喷发一样喷薄而出，这时候，我看见一轮红日悬挂在了父亲的脸上。

父亲的茅台酒

父亲嗜酒，一日三餐，两餐必有酒。

父亲喝酒只喝当地产的南古大曲、二曲或是散装酒，姐姐们过节时送的高档酒，父亲舍不得喝，只有家里来了客人的时候，父亲才拿出来显摆。

姐夫去贵州出差时给父亲带回一瓶正宗纯正的茅台酒，父亲问："多少钱一瓶？"

姐夫说："四百多。"

父亲"啊"了一声："这么贵的东西你拿回去送人用吧。"

姐姐在一旁插嘴："爸，这酒就是买来孝敬您的，您都六十多了，也该尝一尝好酒的味道了。"

父亲收下了茅台酒，却舍不得喝。父亲想，用买一瓶茅台酒的钱买三元一瓶的南古大曲，可以买一百多瓶呢，这么多酒一年也喝不了。父亲决定把茅台酒卖掉，换成南古大曲。

父亲说做就做，他把茅台酒卖给了回收名贵烟酒的二道贩子，还从什么地方搞来了一个空茅台酒瓶子，里面装满了散装酒。吃饭的时候，父亲拿出他的假"茅台酒"有滋有味地喝着，母亲问："好喝吗？"父亲眯缝着眼睛，端起酒杯呈仰角状，"吱"的一声，酒进入父亲的腹中，父亲咂巴着嘴巴，很享受，很幸福的样子。

父亲瞒过了所有的人，他用卖掉茅台酒的钱换来了廉价的大曲酒，每日有滋有味地喝着。父亲想不到，他当初卖出去的那瓶茅台酒有一天竟然又回到了他身边。

那瓶酒是大姐送来的。大姐听了母亲描述父亲喝茅台酒时的沉醉和享受，她牢牢地记住了。大姐第二天就去了一个熟人开的小店里买茅台酒，熟人说，她那里有刚来的正宗、纯正的茅台酒。熟人拿出来的茅台酒正是父亲当初卖掉的那瓶，大姐花了四百多元把它买了下来。

那瓶历经周折的茅台酒最后又回到了父亲身边，父亲看到那瓶茅台酒的包装盒上有他当初吸烟时烧的一点痕迹，他吓了一大跳，以为卖酒的事情暴露了。当父亲听说是大姐特意买来孝敬他的时候，他就埋怨大姐，不要给他喝这么好的酒，喝好酒是一种浪费！

那瓶重新归来的茅台酒被父亲请到了博古架上。父亲想，这瓶酒和他有缘呢，如果不是，它怎么会在被卖掉后，阴差阳错地又回到他这里呢。父亲这一次没有打算再次卖掉茅台酒，他想在即将到来的中秋节上与家人们一起分享。

中秋节的前一天，姐夫和姐姐们去父亲那里送礼。父亲早早地就在家里准备菜肴，他连蒸带煮，连烹带炒，做了十几个菜。当一大家子人都围坐在餐桌前时，父亲从博古架上取下了那瓶茅台酒，他启开盖子递给小孙子，父亲高兴地看着四岁的小孙子说："给爷爷，姑父倒酒喝。"

小孙子两手抱着酒瓶子，踮起脚尖去给爷爷倒酒，小孙子刚走到爷爷跟前，他还没来得及举起瓶子，整个人连同茅台酒一同摔倒在地上。母亲一边埋怨着，一边去抱小孙子，小孙子摔得不重，一会儿就没事了，那瓶茅台酒却像泼出去的水再也收不回来了。

酒落一地的茅台酒酒香四溢，一室芬芳。父亲贪婪地着吸着鼻子："香，真香！"小孙子虽然摔坏了父亲心爱的茅台酒，父亲却乐呵呵的，父亲说：

"都说茅台酒好,现在才知道是真好,光是闻着就香着呢。"说着,父亲捏着小孙子的鼻子问:"香不香。"小孙子吸溜了几下鼻子说:"香,真香。"父亲呵呵地笑了,比他喝了一瓶茅台酒还高兴。

像白雪一样白

熟透了的麦子像待产的孕妇站立在五月的天空下等待着农人的收割,阵痛是他们的又一次新生,它们将被农人拉到麦场,脱粒、晒干,等待它们的命运有两种:一部分留在农家,磨成面粉,蒸成一个个又黄又硬的小馒头;另一部分运往城里,磨成面粉,最后变成一个个又大又暄像白雪一样白的馒头。

这一天,父亲顶着五月炙热的阳光在麦地里割麦子,汗水沿着他的两颊溪水一样向下淌。父亲后来直起腰看日头升到何处时,他看见麦浪起伏的麦地里跑来一个人,来人一边跑着,一边向父亲招手,就是这只被施了魔法的手牵引着父亲一次次消失在季节的深处。

父亲走后,母亲一个人在烟波浩荡的麦田里一边疯狂割着麦子,一边大骂着父亲:"你这个没有良心的黑鬼,你去城里吃又大又暄的白馒头,却让我在这里受罪,你那黑得像锅底一样黑的脸无论吃多白的馒头也白不了!"

父亲从城里回来时已是热浪翻滚的夏季,母亲正躺在门前的树荫下歇她那伤痕累累的腰。父亲把鼓鼓的包放在凉席上,他从缝在内裤上的口袋里掏出几张新崭崭的票子,钞票在烈日下呈现出耀眼的光辉,光辉下的母亲完全忘记了麦田里的劳累和汗水……

父亲带回来一大包白雪一样白的馒头和几张新崭崭的钞票暂时堵住了母亲的嘴巴。吃着白雪一样白的馒头、兜里有了钞票的母亲并没有发现父亲的异常，父亲常常在难眠的夏夜里发出长长的叹息，父亲的叹息在绵长的雨季里青草一样疯长。

当花生在地里等待着农人们来收时，父亲又一次踏上了进城的旅途。这一次，父亲是趁母亲不在家时偷偷溜走的，父亲走的时候留了一张字条和五十元钱，字条上写的是父亲又进城了，五十元钱是让母亲找人来忙秋。

父亲是在年终一个飘着雪花的夜晚悄悄回来的，父亲的头发凌乱、衣服上血迹斑斑，他走时带的行李也不知丢到了什么地方。

母亲把晚饭时的剩菜热了热，又烫了一壶白酒，父亲喝了一口温酒，吃了几口剩菜，长长吐出一口浊气后，才说出了他的遭遇。

父亲第一次进城很轻松地就找到了工作。由于父亲是在农忙季节进的城，这个季节的民工最难找，为了留住民工，老板们不但按时给民工发工资，而且提高了生活待遇，馒头又白又大又暄，菜里也有了梳子般的肥肉片。父亲不仅在半个多月的工期里天天吃白雪一样白的馒头，还赚到六百多元。

父亲再次进城后却发现工地上都不缺人，那些民工在工资能够按时发放，而且有白馒头和肥肉片吃的情况下选择了留下。

父亲辗转十多天后才在一个老乡的馒头店里找到一份工作。父亲每天穿着雪白的工作服和白雪一样白的馒头在一起，这让他感觉自己仿佛也成了城里人，此时的父亲在城里人面前找到了做人的自信和尊严，可父亲的那点可怜的尊严和自信很快就被一个城里男人像撕一块遮羞布一样很轻易地撕碎了。

那天，一个衣着讲究的男人来买馒头，男人买了六个雪白的小馒头，计一元六角，男人在一个鼓鼓的皮夹子里找出一元五角零钱给父亲，父亲说："还缺一毛钱。"男人说："没有零钱了，下次来再给你。"父亲说："一百元的钱我也能找开。"男人有点不耐烦："我天天来买馒头，我会欠你一毛钱不还吗?"父亲:"我又不认识你,你要是不来还怎么办?"父亲的这句话让男人勃然大怒,男人说:"我就打算欠你一毛钱,你能怎么样!"父亲从后面扯住男人的衣服不让他走,父亲用力猛了些,只听见"哧"的一声响,男人的名牌西服被扯开了一个大口子。男人看到自己的西服被父亲扯坏了,他刚才郁结的怒火排山倒海般地发泄了出来,他一脚踢翻了父亲卖馒头的筐,又一拳击中了父亲的额头,两个男人扭打在了一起。吃了亏的男人打了一个电话,就在男人找的人即将到来之前,馒头店的老板让父亲快跑。父亲顾不上收拾他的行李,撒开腿就跑,他一口气跑到长途车站,搭上了回家的客车。

那一夜,父亲躺在温暖的大床上听着室外风雪飘摇,他在半梦半醒之间说着胡话,他听见埋在大雪下的麦子在欢快地唱着歌,他看到白雪一样雪白的馒头在饭桌上跳着舞,他还看见那白雪一样白的馒头被一双贼亮贼亮的皮鞋一脚踢到污水里……

父亲醒来时已近午时,雪花依然飘舞,父亲穿上衣服来到院子里,母亲正在灶房里蒸馒头,父亲看着一地耀眼的白雪想:蒸笼里的馒头会像白雪一样白吗?

老风扇

那天晚上张晃喝了很多酒,朋友把他送回家。老婆问:"你怎么又喝醉了?"张晃勃然大怒,张嘴就骂,声音很大。

"啪——"张晃的背上挨了一巴掌,朋友一脸坏笑。

张晃摇晃着身子朝老婆扑过去,老婆灵巧地避开了,他张嘴就骂,骂声还没落,屁股上挨了一脚。

这次张晃看清了,是朋友踢的,他朝朋友扑过去,朋友笑着逃走了。

朋友走后,张晃的酒已醒了大半,他看着老婆脸上的寒霜,转身把防盗门锁上了,又在里面把木门也锁上。

锁门的时候,一列火车轰隆隆地从门前驶过,密封的车厢黑乎乎的。

张晃看着渐行渐远的火车,心里充满了忧伤。张晃在火车道旁住了十几年,那些手头有些钱的,有些门路的住户都搬走了,只剩下包括张晃在内的十多家住户仍在坚守着。

老婆在喊张晃:"你发的哪门子呆啊,还不去睡觉。"

张晃嘴里应着,低头换拖鞋。

张晃和老婆之间有一个默契:在外人面前,张晃可以耍尽做男人的威风,回到家里就要变成一只乖顺的"小绵羊"。张晃知道背上的那一巴掌是朋友打的,他坚持着把"戏"演完。

老婆在哄儿子睡觉,张晃腆着脸凑上前,老婆瞪了他一眼,他怏怏地来到客房。客房里有一张旧床,床和席子已经有了霉味。

父亲和母亲在客房里住了有四五年。刚开始的时候,一家人相处得很融洽,不和谐的调子是一点点地渗进来的。媳妇和婆婆之间的矛盾越积越多,后来就爆发了,父亲和母亲回了老家。

洗浴室里传出水声,是老婆在洗澡。洗浴室小得只能容下一个人,没有窗,没有排气扇,让人感觉憋闷、窒息。

张晃把客房里的老风扇拿到洗浴室门口,凉风把洗浴室的闷热吹走时,老婆露出了难得的笑容。

张晃洗完澡,老婆已经搂着儿子睡了,他悄悄上了床,躺在儿子的另一边。

躺了一会,汗珠子顺着两颊流下来,蚊帐里的风扇吹出的是热风。张晃从床上爬起来,把老风扇搬到床边。

这台风扇是父亲买给张晃用的,是一台落地扇。那年张晃十九岁,高三备考。有了落地扇,燥热的夏夜一下子凉爽了。那台风扇伴随着张晃上大学、工作,父母从乡下搬来后,张晃从旧物堆里找出已经有了锈迹的老风扇。

张晃扭开了老风扇的开关,一阵凉风吹来,身上的毛孔一下子全打开了。张晃看了一眼躺在另一边的老婆说:"这台老风扇吹出的风还像当年一样凉爽啊!"

工作中的风扇发出吱吱呀呀的声响,张晃又说:"风扇也像人一样,上了年纪,开始喜欢唠叨了。"

安睡中的老婆打起了鼾声。

张晃轻轻叹了一口气:"这些年你过得不开心,我能理解。父亲和母亲那么老了,你不该和他们争吵,有气你就朝我身上撒。"

老婆翻过身,背对着他。

张晃盯着老婆的背继续说:"单位里有一个下派干部的计划,我没请示你就提交了申请,今天下午申请批了下来,心里一高兴,我约了几个朋友喝酒。这次虽是下基层挂职锻炼,却也是一次机会。我虽然没有什么大的抱负,却也想着让这个家立起来,让你和孩子过上好一点的生活。"张晃的鼻子有些发酸,说不下去了。

黑暗中,老婆丰腴的胳膊朝张晃伸过来,在他头上轻抚着:"让孩子的爷爷奶奶回来住吧。"

老婆又说:"我明天把客房打扫一下,你找辆车,我们一起回老家去接孩子的爷爷奶奶。"

张晃听见那台老风扇依然在吱吱呀呀地转动着,凉爽的风源源不断地送来,他的眼里噙着一滴将掉未掉的泪,笑了。

在奶奶的葬礼上

云压得那么低，把风压得销声匿迹。厚厚的云层里划过一道扯天扯地的闪电，灼目的光芒把根哥的面目耀得惨白恐惧："五叔，奶、奶奶快不行了！"

在地里给花生喷农药的父亲抛掉喷雾器，撒开腿就朝李村跑。从王庄到李村的五里路程里，一个接一个的响雷紧追着父亲，在他的脚后跟处炸响。

父亲在最后一个惊雷声中扑到奶奶床前。看到父亲，奶奶的眼里闪过一道亮光，她的嘴角朝两边费力地扯了几下，露出一丝笑容。

奶奶这一生有五个儿子，没有闺女。因为家里穷，吃饭成了大问题，奶奶含泪把最小的儿子——我的父亲，送给了别人。

十三岁那年，父亲把我送到李村小学复读，吃住都在奶奶家。

奶奶是小脚，七十多岁的奶奶每天颠着小脚给我做饭。饭桌上，奶奶常常盯着我发呆，仿佛要从我身上找到父亲小时候的影子。

奶奶的生命力很顽强，迟迟不愿闭上眼睛。伯母说："你奶奶还放不下呢，她在等你兰姐。"

兰姐是大伯家的闺女。大伯早年病逝，只留下一个闺女，奶奶想见兰姐最后一面。

奶奶闭不上眼，我们就在院子里等。等待的时光枯燥而无聊，根哥说："我们打牌吧。"

哥几个搬来桌子、凳子，在院子里吆五喝六。打了一会，有人提议："这样打下去没意思,赌钱吧,输了朝外掏,赢了拿去喝酒。"

村庄上空有炊烟升起的时候,桌子上堆了一堆零钞。我们把零钞收起来,去了村前的小餐馆。

奶奶有十二个孙子,十二个人分坐了两桌。天热,小餐馆里没有空调,我们脱掉上衣,划掌猜拳。

正喝着酒,一个惊天响雷在窗外炸响,有尘土从屋顶簌簌掉落下来,我们惊慌失措地朝外跑。

刚跑出小餐馆,豆大的雨点从头顶上砸了下来。瓢泼大雨中,有尖利的哭声响起。片刻后,哭声一片,奶奶走了。

奶奶下葬的那天,为了争夺房产,一大帮子孙差一点动手打起来。

在奶奶生前最后的日子里,一直由三伯父和四伯父照顾,他们认为房产应该由两家共同继承;二伯父声称爷爷在世的时候就把房产给了他;兰姐认为房产应该有她一份;父亲说他从小就被送给了别人,这个家欠他的,只有他最有权利继承房产。

争吵从中午一直持续到傍晚,院子里站满了看热闹的村人,有上了年纪的老人摇着头叹息:"人心不古啊,老人的遗体还没下葬,子孙们就开始争夺家产了。"

夜色渐渐地笼罩上来,奶奶的棺材孤零零地停放在堂屋里,她的儿孙们却在为了争夺房产吵闹得脸红脖子粗。在奶奶的小床旁边,那台旧风扇已经停止了摇摆,横眉冷对眼前的一切。我抱着风扇爬到院中的石磨上,面对黑压压的人群,嘶哑着嗓子高喊了一句:"我们家愿意放弃继承房产!"

人群一下子静了下来,无数双眼睛盯着我。我把风扇高举起来:"除了这台风扇,我们家什么都不要。"

十二年前,这台风扇陪我度过了炎热的夏天。风扇的功率小,风力弱,奶奶为了让我晚上睡好觉,她把风扇一直对着我吹。

奶奶走后,遗体还没有火化的那几天里,为了防止苍蝇、蚊虫叮咬,这台风扇一直工作着,成为奶奶最后的守护者。

我抱紧旧风扇，像抱着奶奶的遗体。虽是夜晚，燥热依然没有散去，我却感觉到有凉风吹来，就像十二年前，在奶奶的小屋里，源源不断的凉风中吹拂着我，奶奶笑了。

我哭了。

幸福之家

王芒仰躺在平房顶上，竖起耳朵听老婆桂花在堂屋里骂骂咧咧，桂花骂一句就摔打一件家具。

那些耐用的，禁得起摔打的家具在桂花的暴力下发出凄惨的喊叫，就连那扇厚重的木门，也被桂花打得闷哼了几声。

桂花走出家门的时候，月亮还没出来，王庄的狗有一声没一声地叫着。桂花的大脚板踩在高低起伏的土路上，像在擂一面巨大的鼓。

桂花穿过两条小巷，拐了一个弯，大步走进王芒的父母家。王芒听见桂花和父母大声说着什么，他们一同出了门，几把手电筒在王庄的巷道里扫射着。

母亲在喊王芒的乳名，像小时候唤他回家吃饭那样。父亲挨家敲着门，他在询问谁看到了他的儿子。后来，王芒的三叔二大爷、兄弟姐妹都加入到寻找的队伍中。

那些脚步声近了又远了。王芒的肚子里咕咕叫了两声，似乎在说："我饿了，需要些食物来补充。"王芒从平房顶上下来，走进堂屋，桌子上还有些吃剩的饭菜。王芒倒了一碗开水,卷了两个煎饼,大口吃起来。

吃饱喝足后,王芒爬上房顶,无聊地数着天上的星星,他在满天的星光中睡着了。

一觉醒来时,星光依然在头顶闪烁,王芒把耳朵贴在平房的石板上,屋内的桂花正打着山响似的鼾声。王芒站起身,弓着腰朝西边的一溜平房走去。

西边的几家住户全都外出打工了,只有到了年底的时候,他们才会提着大包小包回来一趟。

王芒用新奇的目光看着空了的院落,他的眼前出现了一个个在院子里进进出出、或忙碌或悠闲或亲密或吵闹的男人和女人,在堂屋里、在偏房里、在灶房里,甚至是在厕所里,在宽大的床上,他们过着和他相似又不同的生活。

天亮前,王芒进了王春风的家,他用一根细铁丝打开门上的锁。王芒推开堂屋门的一刹那,屋里的一切让他吃了一惊:地面干净得没有一丝尘土,衣橱、柜子、桌子、梳妆台还像刚结婚时那样新,最让王芒羡慕的是那张大床,它不是时下流行的弹簧垫或是榻榻米,是那种雕花的,古色古香的大床,这张床上曾经睡着王春风和他的老婆韩雪。

在王芒的眼中,王春风和韩雪是王庄最幸福的一对了。在王庄,王春风和韩雪是第一对结婚后还手牵手的夫妻,去地里锄草、去菜园里摘菜、去集市上买东西、甚至是出去打扑克、去山里逮野鸡,王春风的后面都跟着一个叫韩雪的女人。

有一次,王芒去王春风家借农具,他看见王春风和韩雪在院子里围着几棵树戏耍,韩雪跑,王春风在后面追。韩雪披散着一头长发,在树间穿梭跳跃,像灵巧的鹿儿,王春风怎么也捉不到她。后来,王春风趁韩雪开怀大笑的时候,一把抱住了她,两个人的嘴亲到了一起,在那里吸呀喝的,好长时间不分开。王芒看得脸红心跳,农具也不借了,小偷一样悄悄溜走了。

此刻,王芒站在王春风和韩雪睡过的雕花床前,困意狂风一样席卷了他。王芒脱掉鞋、外衣,在大床的一侧躺了下来,他的一只胳膊伸向另一侧,

他感觉着胳膊上有了重量，一具带着香风的躯体枕着他的胳膊躺了下来，一张柔软的唇在他耳边吹了一口仙气，说，睡吧。

不知道睡了多长时间，王芒醒来时天又黑了下来，他穿上衣服，在朦胧的夜色里看着院子里的几株树。恍惚中，他看见自己和一个长发飘飘的女人在树丛中追逐、打闹着。就在王芒一把抱住女人的身子时，他隐隐听到有哭声传来，起初是一个人在哭，后来很多人加入到哭的行列中。有人从巷道里跑过，一边跑一边喊着："王春风死了，他老婆抱着他的骨灰回来了！"

王芒的脑袋"轰"的一声，像是被什么炸开了，他站在院子里呆呆地看着渐渐笼罩上来的夜色，嘴里一遍遍地自语着："怎么会呢？怎么会呢！"哭声越来越近了，王芒一个激灵惊醒过来，他锁上门，爬上房顶，悄悄地朝自家的房子摸去。

王芒刚从房顶进了自家的院子，巨大的哭声已经到了他家前面的巷道。王芒跑出大门，他看见王春风的老婆韩雪怀里抱着一个小小的骨灰盒，嗓子里已经发不出声了，她单薄的身子在风中像一株飘摇的草。

王芒伸长脖子，愣愣地看着这个被抽去了筋骨的女人，他的眼里突然涌出了泪，它们流过他的脸颊，流过他浓重的胡须，吧嗒吧嗒砸在尘土里。

韩雪抱着骨灰盒走远了，王芒转身进门的时候，他看见桂花像堵山挡在他前面，她的十指钢爪一样在他的身上抓挠着："你这个死鬼，你死到哪里去了？你还回来干什么？你在外面死了算了！"

桂花在他身上抓挠着，用头去撞他。王芒被她撞倒在地，他伸直腿，张开双臂，耳朵里听着渐行渐远的哭声，他闭上了眼睛。

骑三轮车的男人

我在路边等车，一辆载客三轮停在我身边。一个中年男人从车里探出头："先生去哪里，免费载您一程？"

我用狐疑的目光看了中年男人一眼：平头、圆脸，笑起来像个弥勒佛。

中年男人看出了我的狐疑，他指着车体上的条幅让我看：答谢热心市民，免费载客三天。中年男人指着车里的小女孩说："这是我女儿。"他让小女孩喊叔叔，小女孩怯怯地叫了一声："叔叔。"

载客三轮行驶在路上的时候，中年男人说："我来这个城市三年了。"落日的余晖映照在男人的身上，他的大半个身子呈现出一种暗红色："三年前，我老婆得了一种奇怪的病——肌萎缩侧索硬化症。"他转过头问我："你听说过这种病吗？"

我摇了摇头。

中年男人说："也就是渐冻人症，得了这种病，人的肌肉逐渐萎缩和无力，以至瘫痪，身体如同被逐渐冻住一样。"

中年男人又问我："你知道著名的物理学大师、科学巨匠霍金吗？"

我说："是那个长期待在轮椅上的英国男人吗？"

中年男人说："对，就是他，我老婆得了和他一样的病。"男人呵呵笑了："我老婆多么厉害，竟然和当今最伟大的科学家得的是同一种病！"

小女孩仰起头看着中年男人，男人腾出一只手在女孩背上拍了拍："刚得这种病时,手无法握筷,走路会无缘无故跌倒,到后来四肢几乎完全无力,说话严重障碍,进食需用软管。"

载客三轮的车速突然慢了下来:"那是我一生中最黑暗的时刻,为了给老婆治病,花光了所有的积蓄,房子也卖掉了。女儿小,需要照顾,老婆卧床,家里一贫如洗,看不到一点希望。在这让人绝望的困境中,一个名为'融化渐冻的心'的志愿者组织给我们联系到一家医院,可以免除大部分的治疗费用。第二天,我和老婆动身来到这个城市。住院期间,有热心的市民送来钱财衣物,送来温暖和问候,还有志愿者来医院照料病人。在条件允许的情况下,我把女儿和岳父母岳接来了。我买了一辆载客三轮,岳父在我们租住的临街的地下室里开了一家炒鸡店。"

载客三轮来到一座居民小区前,小女孩嚷着要下车。中年男人指着左侧一排地下室说:"那个在门口炒鸡的是我岳父,我们决定在离开这座城市前回报热心的市民,免费载客三天,送三天的'吉利'(栗子炖鸡)。"

老人戴着白帽子,穿着白褂子,在门前的一个灶上炒鸡。另一个灶上放着压力锅,炒过的鸡块和栗子放到压力锅里蒸熟、闷烂。一位老年女人在菜墩上剁鸡,剁鸡的间隙,她拿着抹布把灶上的油污抹一抹,把压力锅里溢出的汤汁擦一擦,还抽空把地上的垃圾清干净。

我走过正在忙碌的两个老人,走到地下室门口,中年男人说:"进去坐一会吧。"

地下室低矮、窄小,里面收拾得却极干净。一道布帘把室内一分为二,两张床几乎把整个房间占满了,里间床上的被褥叠放整齐,墙上挂着一张女人的像,像中的女人奇瘦、苍白,笑得虚弱无力。中年男人说:"这是我老婆。"

我问:"她还在医院里?"

中年男人说:"她在天堂。"

中年男人的声音有些暗哑,眼圈一下子红了,他伸出粗糙的大手用力地摩挲着,看了我一眼,又笑了:"她不再被病痛折磨了,去天堂里享福了。"

我站在原地,不知该对他说些什么。

中年男人说:"明天,我们就要回家了。这三年,一千多个日夜里,有那么多亲人般的好心人帮助我们,陪伴我们,我们并不孤单,她在天堂里一定笑得很美、很开心!"

走出室外,我眼望东方,夜空中有一轮圆月高挂苍穹。

树神

男人坐在一个又大又圆的树墩上面,男人坐了很久了,他像一枚钉子钉在了树墩上。树墩的横截面上有新鲜的汁液一咕噜一咕噜地朝外冒,那些厚厚的、黏黏的汁液牢牢地粘住了男人的屁股。

男人的怀里抱着一杆猎枪,这杆猎枪让试图走近他的人害怕。

远处的山坡上一个女人渐行渐近,女人的脚步轻轻,轻得像一阵风飘到男人跟前。

男人说:"你回去吧。"

女人说:"你和我一起回去。"

男人说:"我要和我的树在一起。"

女人说:"你已经一天没有吃饭了,你的衣服又湿又脏,你先回家吃点饭,把脏衣服换下来。"

男人说:"我不走。"

女人说:"你这是何苦呢?你这样做对自己有什么好处!"

男人说:"我不苦,我只要和我的树在一起就是快乐的。"

女人气得一跺脚，扭着屁股走了。

男人看着女人远去的背影长叹了一口气。

男人的叹息声让一个小女孩听到了，穿得花枝招展的小女孩蝴蝶一样飞进了男人的怀抱。

小女孩说："爸爸，你为什么要叹气？"

男人说："爸爸没有叹气，爸爸是在做深呼吸。"

小女孩好奇地问："爸爸，你很喜欢做深呼吸吗？"

男人说："爸爸做深呼吸是为了打坏人。"

小女孩咯咯咯地笑了，她说："爸爸骗人，做深呼吸怎么可以打坏人？"小女孩还要再说下去，她突然看见爸爸的脸色变得凝重起来，他的耳朵像狗一样支棱起来。

男人把小女孩从怀里推开，他说："你回家吧，爸爸要打坏人了。"

小女孩扭着身子不愿走："不嘛，我要看看爸爸是怎么打坏人的。"

男人的火一下子蹿了出来，他抬手打了小女孩一巴掌："滚，再不滚我打烂你的屁股！"

小女孩是哭着走的，她的哭声像哨音一样尖利。

男人的脸色更凝重了，他看见一团"黑云"自天边压过来。

一眨眼的工夫，一群黑压压的人站在了男人的面前，黑压压的人群像天空中陡然出现的黑云挡住了头顶的日头。

"黑云"里鸦雀无声。

男人的头发像针一样一根根地竖立起来。

"黑云"中有人说话了："走开，别挡了我们的发财路。"

男人沉默着。

有人说："不走开，就把他抬走。"

更多的人附和着："快叫他走开，我们这么多的人会怕他一个人吗？"

几个胆大的村人向男人走去。

男人突然举起猎枪："谁敢过来！"

那几个试图靠近的男人听到暴喝声,身体抖了一下,他们看着男人乌黑的枪口停下了脚步。

男人说:"这片树林是我们周围几个村子的保护神,有了这些树木我们才能平平安安地生活在这里,难道你们真的可以为了赚一点昧了良心的钱就把我们祖祖辈辈居住的地方毁掉吗?没有了这片森林的保护,我们的村庄将在雨季里遭遇山体滑坡和泥石流的袭击!"

"黑云"中有人说:"鬼才相信你说的话,我们把这些树木卖给朱老板就能赚一大笔的钱,即使真有什么狗屁泥石流我们可以去城里住呀!"

人群里骚动起来,他们仿佛真的看见了一捆捆闪着金光的人民币进了他们的口袋。

几个胆大的村人又开始朝前迈步了,一步、两步、三步……

猎枪在男人的手中攥出了汗,他闭上了眼睛。他不敢想象子弹会怎样地击穿这些平日里朝夕相处的乡亲们,想到这些他的手开始抖了。

渐行渐近的脚步声让男人一下子惊醒了,他仿佛看见滂沱大雨浇塌了光秃秃的山坡,山坡上滚落的巨石和泥流像噬人的恶魔吞噬着无助的村人……男人的眼睛陡然间睁开了,他抱紧猎枪,瞄准了最前面一条迈动的腿——

"砰——"的一声,枪响了,男人的身子哆嗦了一下,他发现猎枪口里并没有黑烟冒出。不远处,一辆辆关闭了警灯的警车正向这里疾驰而来。

当警察试图把男人从树墩上拉起来时,他们惊讶地发现男人的屁股竟然牢牢地粘在了树墩上,那个树墩像个恋父的孩子紧紧地抱住了男人。警察最后费尽了心思也没能把男人和树墩分开,男人和树已经连为一体了,或者说男人已经变成了树。

>>>>> PART 5
尘埃里的花朵

    夜黑得无声无息。皮卡梦见妻子的脸上
开出了一朵玫瑰花,他对妻说,你看,你看,
你的脸上开出了花朵了。妻指着皮卡的脸
说,你的脸上也有一朵花呢,是向日葵。

尘埃里的花朵

皮卡去参加一个宴会,酒店的名字叫"味道江湖"。

皮卡走进一扇门上写着"江湖笑谈"的房间,里面摆放着一张方桌。方桌的正位上坐着经理,左边是科长,右边是工人,只有下方还空着一个位子,皮卡在空位上坐下来。

坐在正位上的经理看见人到齐了,他朝门外招了一下手,上菜。

有女子鱼贯而入,方桌上摆满了美味佳肴。经理喊一声,倒酒。

酒香飘溢,萦萦绕绕,经理高举酒杯,喝。

几杯酒下肚,酒桌上热闹起来,猜拳划掌,言语声声。

酒至半酣,几个人聊起了房子、车子和女人。谁住的是一百八十平方米的大房子,谁在高档小区里买了别墅,谁的车是桑塔纳的,谁的车是宝马的。一个个牛气烘烘,财大气粗,只有皮卡默默坐在下方,一言不发。

坐在右边的工人问皮卡,你开的是什么车?

皮卡看了他一眼,没接他的话,他讲了一个故事:有一个男人倾其所有买了一辆轿车,为了买这辆车,他们家节衣缩食。冬天的时候,他老婆的羽绒服已经很旧,不保暖了,他对老婆说,等明年再买吧,为了买车,咱家现在吃饭都成问题了。

说到这里,皮卡喝了一口水,又看了工人一眼:男人买了车后却把车停在车库里,我经常看见他上班或者接送孩子的时候骑着一辆吱吱吱吱的旧自行车。

工人的脸色已经绯红了。皮卡继续说，我现在只有一辆自行车，我每天骑着它上下班，我感觉这样挺好，我没有钱买轿车，所以目前只能骑自行车。

坐在正位上的经理开口了，玩车嘛，拼的还是实力，有钱的就开四个轱辘的，钱不多就骑两个轱辘的，要是人人都开四个轱辘的，中国的交通还不每天都堵塞？

经理话题一转，这玩车和找情人是一个道理，我有个小情人叫娜娜，正值青春年华，水嫩可人。我给情人买了套房子，一个月给她五千元的零花钱，这钱花得值，这样的情人在家里养眼，带出去长面子。

经理说完后，科长也不甘落后。科长说，他的情人是单位里的打字员，一个喜欢时装的美丽少妇。他利用职务之便，把给情人买时装的花费在招待费、办公费用里报销，没花自己一分钱就让一个美丽少妇投怀入抱。

轮到工人说了，工人说，他的情人是和他同一个车间的女工，女工胖乎乎的，人懒，爱睡觉。工人经常一个人干两个人的活，让胖胖的女工有时间在上班时间睡上一小觉，女工为了酬谢工人，就钻了几次工人的被窝。

三个人说完了，让皮卡也说一说，大家说，你是作家，作家一定有很特别的故事。

皮卡没有情人，但又不想在他们跟前丢面子，他咬咬牙说，我的情人是电视台的陈圆圆。皮卡说完后，三个人张大了嘴巴，片刻后"咻"的一声笑了，你小子在做梦吧？

大家都知道这个陈圆圆可不是一般的女人，她不仅是小城里最美的女子，还是县长的千金，正值芳龄，尚未婚嫁。

皮卡说，你们不相信可以亲口问陈圆圆。

三个人知道皮卡是故意刁难他们，谁敢当面去问陈圆圆？经理说，这样吧，你只要敢当着陈园园的面说一句"我爱你"，我们就信了。

科长说，我刚才来的时候看见陈圆圆和电视台的同事就在隔壁的房间里聚餐呢。

　　三个人借着酒意推着皮卡朝外走,刚走出门,电视台的一帮人也在朝外走,只有陈圆圆一个人落在后面打电话。

　　陈圆圆打完电话后径直朝我们走来,三个人在后面推了皮卡一把,皮卡昂起头,挺着胸朝陈圆圆走去。

　　此刻,身后有三双贼亮的眼睛注视着皮卡,他的心跳得像擂鼓。酒店的过道很窄,经过陈圆圆的身边,皮卡擦着她的衣角走过。他没有回头,一直朝外走,走出酒店大门,走向停车场一个偏僻的角落,推出他的自行车。

　　回到家,皮卡衣服也没脱就躺在床上睡了。不知道过了多长时间,一双轻重适中的手在他身上按摩着。皮卡睁开眼,是妻。妻说,躺着别动,我给你按摩。皮卡看一眼妻说,你也累了,睡吧。

　　夜黑得无声无息。皮卡梦见妻子的脸上开出了一朵玫瑰花,他对妻说,你看,你看,你的脸上开出了花朵了。妻指着皮卡的脸说,你的脸上也有一朵花呢,是向日葵。

　　无边无际的黑夜里,两朵盛开的花朵妖娆而恣肆。

看不见的房间

　　皮卡居住在老城区的一栋旧楼里,楼下垃圾成堆、纸屑飞舞,脏乱不堪。

　　有一段时间,杜鹃下班回到家就朝皮卡唠叨,她们单位里谁买了新房子,谁准备买新房子。杜鹃每次在话语快要结束的时候都会加上一句:"我们家什么时候能住上新房子呢？"

皮卡说："面包已经有了，新房子也会有的。"

一天深夜，皮卡上卫生间时看见卧室对面有一个大房间，他走了进去。

房间真大，比皮卡家的卧室大两倍还多。这个房间是垂直延伸到外面的，像多出了一个四四方方的盒子，最让人惊讶的是顶部透明，可以看见天上的明月，还有眨着眼睛的星星。

皮卡在房间里转了一圈，发现墙上有一个和墙体严丝合缝的门，他用手推了推，门竟然开了，正对着门的是一个通向地面的专用小楼梯。

皮卡从小楼梯下去，又从通往正门的大楼梯拾阶而上，悄悄溜进卧室，在杜鹃的旁边躺了下去。

天亮时，皮卡看见卧室的对面只有一堵厚厚的墙，墙上的一层白灰已经开始剥落了。

昨天晚上冒出来的大房间呢？它在一夜之间消失了？

皮卡把疑问带进了又一个夜晚。杜鹃酣甜的鼾声如期而至时，皮卡悄悄地翻身下床，走出卧室。

那个消失的大房间又出现了，皮卡脱下鞋子，欢快地在里面走着，刚走了几步，皮卡看见一个人，是杜鹃。

皮卡惊得全身颤抖了一下："你怎么进来了？"

杜鹃说："你的保密工作做得挺好的。"

皮卡说："我也是刚发现的，我记得我们家以前没有这个大房间。"

皮卡和杜鹃在里面不停地走，他们想用不停地行走来证明这个房间的存在。后来，皮卡和杜鹃从小门出来，经过专用小楼梯下来，又上了通往正门的大楼梯。

进门后，皮卡和杜鹃把主卧室的床搬到大房间里，把电视也搬了进去。两个人并排躺在床上，看着头顶上的一弯月牙在云层里钻来钻去，杜鹃幸福地笑出了声。

天亮时，皮卡被敲门声惊醒了，打开门，是杜鹃的闺中密友唐蜜。

PART 5

尘埃里的花朵

唐蜜在屋里转了一圈问："你们家的床和电视呢？"

杜鹃说："在新家里。"

唐蜜的嘴巴一下子张圆了："你们什么时候买新房子了？在哪里买的？"

杜鹃说："在'君御豪庭'买的。"

唐蜜的嘴巴好长时间才合上："真是看不出来呀，那么贵的房子你们也买得起！"

唐蜜又说："我想去你们的新家看看。"

杜鹃说："过一段时间吧，我一定带你去。"

唐蜜走后，皮卡埋怨杜鹃："根本就没有的事情你瞎说什么？还让人家去看新房子，万一她真要去怎么办？"

杜鹃说："不用你操心。"

晚上，皮卡和杜鹃像两只蚂蚁在房间里搬来挪去，忙活了大半夜，两个人把大件家具搬进了大房间里，只留下小件家具。

第三天，唐蜜又来了。唐蜜进门后就央求杜鹃带她去看新房子。

杜鹃一脸的疲倦，她指着一屋子的凌乱说："这些天搬家把我累死了，再过几天吧，我一定带你去的。"

自从家里突然冒出来一个大房间，皮卡和杜鹃的生活全被打乱了，他们在家里搬来挪去，大房间里已经堆得满满的了。晚上，皮卡和杜鹃在那些家具、杂物的空隙里蜷曲着睡，两个人再也没有心情观赏美丽的夜色了。

一天晚上，皮卡和杜鹃被一阵嘎吱嘎吱的声音惊醒了，爬起来仔细地听，听了好久，杜鹃发出一声尖叫："是房子在叫。"

叫声越来越大，房间开始摇晃，皮卡和杜鹃赤脚逃出来。那个超负荷的大房间一点点地倾斜下去，从九楼一直朝下坠，坠落到看不见的一个深渊里。

天亮时，皮卡家的门又被敲响了，是唐蜜。

杜鹃一看见唐蜜就哭了起来："我们家现在什么也没有了。我们曾经有一个很大很大的房间，那个房间有专用的楼梯，透过房顶可以看见天上的一弯月牙，还有眨着眼睛的星星……"

杜鹃哭着跑出了家门,她一边哭,一边喊着:"我的大房间呀!我的星星,我的月亮啊!"

专家讲座

春天的时候下了一场雪。

早晨,皮卡和杜鹃带孩子出门看雪景。回家时看见楼下站着三个女人,其中一个叫唐蜜的女人是杜鹃的闺中密友,杜鹃和她聊了一会儿。

皮卡和杜鹃上楼时,三个女人也上了楼,她们进了楼上的一户人家。吃饭的时候皮卡听见有人从家门口经过,进了楼上的那户人家。楼上好像在搞什么活动,来的人一拨一拨的,络绎不绝。

吃过饭,皮卡在客厅里看电视,杜鹃在刷碗,有人敲门,是唐蜜。唐蜜叫一声大哥:"我姐在家吗?"

皮卡朝厨房里喊:"鹃,来客人了。"

杜鹃两只手上还沾着泡沫,唐蜜把杜鹃拉到门外嘀咕着什么。杜鹃进门后匆匆擦了一把手对皮卡说:"你去把碗洗出来,我出去有点事。"

皮卡洗碗的时候听见楼上有很多人大声地说话,后来,那些嘈杂的声音停下来,响起一个人讲课的声音。

皮卡很好奇,开门上楼。一个胖女人站在楼上那户人家的门口,他转身走了下来。

皮卡一个人待在家里心神不宁。楼上的讲课声一直持续着,中间还穿

PART 5
尘埃里的花朵

插着整齐的掌声和喊口号的声音,整齐划一。杜鹃回家的时候,皮卡看见她手里拿着一个带有喜羊羊图案的电热水袋。皮卡问:"花多少钱买的?"

杜鹃说:"二十元,很便宜的,商店里的价格是四十元,咱的宝贝女儿最喜欢这个了。"

皮卡问:"你们在楼上干什么呢? 又是喊口号,又是拍巴掌的?"

皮卡说:"听专家讲课呢,讲得可好了。专家给我们讲了全球气候变暖的原因,讲了气候变暖对人类的影响;一位养生专家给我们讲了人体的保健、调养,从中医的角度对人类颐养生命、增强体质、预防疾病做了阐述……"

皮卡问:"是不是专家讲完课后让你们买电热水袋?"

杜鹃说:"是我们自己愿意买的,你想一想,专家讲课是免费的,我们花点小钱买东西算什么,而且那也正是我们所需要的。"

从那以后,杜鹃热衷于在周末听专家讲座。每次听课回来,杜鹃都会带回一些物品:成箱的方便面、矿泉水、火腿肠、甚至是洗发水、沐浴液等,家里简直成了一个小型超市。

皮卡提醒杜鹃:"她们就是一伙高级骗子,目的是把商品卖给你们。"

杜鹃反驳皮卡:"你见过骗子讲气候变暖的原因吗?你见过骗子给别人讲养生的知识吗?你见过骗子发动大家捐款支援灾区吗?你见过骗子像个贴心的姐妹一样跟我们唠嗑吗?"

皮卡无法说服杜鹃,也无法接受家里的物品越来越多的事实,他决定寻找机会揭穿她们的骗局。

一个周末,皮卡起床后看见楼下停着一辆箱式货车,唐蜜正指挥着几个人朝楼上搬东西。皮卡悄悄地记下了车牌号,货车刚一走,他开车追了出去。

箱式货车围绕着小城转了大半圈,最后停在西郊的一个小院前。小院被改造成了仓库,里面存放着大宗商品,门口坐着一个女人,这个女人皮卡见过,是在他家楼上守门的胖女人。

回到家,皮卡把看到的一切告诉了杜鹃,皮卡说:"她们真正的目的是卖商品,讲课只是她们披着的一层外衣。"

杜鹃不信，她说："唐蜜是我最好的朋友，她不会骗我的。"

皮卡驱车载着杜鹃去了西郊，杜鹃看见眼前的一切，她显得很愤怒，不顾皮卡的阻拦，下车去讨个说法。

皮卡在车里看着杜鹃和那个胖女人争吵，唐蜜听到争吵声从院子里出来，她拉着杜鹃亲热地叫着姐，两个女人聊了很长时间。杜鹃回到车里时满面笑容，她说："专家都是义工，他们利用周末免费授课，不拿一分钱的报酬。商品也是低价给我们的，唐蜜把进货的价格表拿给我看了，几乎不挣我们的钱，再说了，我们也不能让专家饿着肚子给我们讲课吧？"

有杜鹃这么善良的女人做妻，皮卡还能说什么？皮卡已经想好了，如果有一天他们家的商品堆满了，皮卡就让杜鹃去当专家，让她也去办个专家讲座班。

一个人的爱情

皮卡在京城参加业务骨干培训时喜欢上了一个叫李菲墨的女子。培训班共有五十四人，都是同一个系统的，人员遍布全国各地。

培训班的第一节课上，李菲墨一个人安静地坐在教室前排，两手托腮，静若处子。皮卡坐在教室的最后面，他的眼睛盯着讲台上的讲师，心思却全放在了李菲墨的身上。

课间时分，皮卡在教室外面的走廊上朝远处看，培训基地的右侧是某知名大学。虽是冬日，依然可见校园内遍植的树木、林木中掩映着红色古建筑。

正出神地看,皮卡听见有人说了一句,真好。抬头看去,是李菲墨。李菲墨两眼痴迷地俯瞰大学校园,皮卡附和地接了一句,要是能在这所大学学习就更好了。皮卡刚说完,旁边的一个男学员说,只怕这辈子是无缘了。皮卡回头找李菲墨,她已经走了,皮卡有些恼怒地看了男学员一眼。

培训基地的院内有一条湖,湖面上结了厚厚的一层冰,有学员租来溜冰鞋在冰上做着各种高难度动作,其中也有李菲墨。

皮卡一个人站在湖边静静地观看,李菲墨发觉有人看她,回首朝皮卡站立的地方眉眼舒展地笑了笑,加快了滑行的速度。滑行出几十米之后,腾空跃起,一个漂亮的大转身,稳稳地落在了冰面上。整个过程干净、利落、流畅、优美,当皮卡还在惊讶于一个南方女子竟然也可以滑得如此之好时,李菲墨已经收拾好溜冰鞋和一个女学员携手走了。

那天晚上,皮卡第一次失眠了,那个静若处子、动若脱兔的李菲墨像一个谜困住了他。

早晨,皮卡在餐厅里遇见李菲墨拿着一个托盘夹奶油蛋糕,皮卡跟在她的后面也夹了一块。李菲墨又盛了一碗鲜奶,夹了几块西瓜和水果,找了一个位子坐下来。皮卡夹了几块牛排、几片红烧肉,盛了一碗稀粥转身找李菲墨,她的对面已经坐了一个男学员。

李菲墨小口吃着奶油蛋糕,男学员喋喋不休着,她听着,偶尔会莞尔一笑。

李菲墨把盘中的最后一块西瓜吃掉,起身离开时,她的一只脚踩到了一个湿滑的东西,她啊地叫出了声,身体向后倒去。皮卡起身去搀扶,男学员已经抢先搀扶起李菲墨,惊魂未定的李菲墨朝男学员说了声谢谢,她没有看到身后的皮卡。

一个月的培训活动眨眼就到了尾声。离开京城那天,皮卡是下午的火车,离发车还有几小时,他一个人去了圆明园。

时值冬天,游人很少,凄清的园子,衰败的景象加剧了皮卡的离愁别绪。在圆明园西洋景观的一处迷宫里,皮卡在里面左转右转怎么也转不出来,就在他走得气喘吁吁时,他看见了李菲墨,李菲墨正在走向一个出口。皮卡转过一道墙,发现是死路,再转,还是不通。皮卡费尽周折走出迷宫时,李菲墨已经出了迷宫,上了一辆游览车。皮卡追到大门外时,李菲墨上了一辆驶来的公交车,皮卡眼睁睁地看着公交车拐过一个弯,从他的视线里消失了。

从京城回来后的很长一段时间里,皮卡的脑海里老是想着那个叫李菲墨的女子,也许是没有得到,得不到的就是最好的。皮卡却把这定义为爱情,他爱上了她,这是他一个人的爱。

因为没有得到,还因为一种叫思念的东西长时间折磨他,在一个春日的午后,皮卡飞抵李菲墨居住的南方小城。

走在潮湿的小城街道上,街道是石子铺成的,湿湿的、滑滑的,似乎还泛着亮光。街道的两侧是水路,有小舟在穿行,古旧的房檐下挂着大红的灯笼,像是一个个圆圆的喜悦。

李菲墨的家在一条幽深的小巷尽头,乌黑的大门紧闭。皮卡敲开邻居的门,一个瘦小的南方男人说,她们家搬走了。

皮卡走出小巷时长出了一口气,幸亏她不在,否则他见了她该说些什么? 说他是专程来看她的,说他已经爱上她了? 她会做出怎样的反应呢? 也许她也喜欢他,他和她一拍而和,去一家咖啡厅或酒店,喝着咖啡或是红酒互诉彼此的思念和爱恋,最后开一个房间,两个人共度春宵;第二种情况,她对他没有感觉,甚至她根本就不知道他的名字,当他结结巴巴地报上名字,说他们曾经同班学习过,她会思索片刻,想起是有他这么个人;第三种情况,她面带怒色地训斥他一顿,让他不要有非分之想,她有丈夫和孩子,她不会辜负他们的,请他自重。也许还会有第四、第五种情况……

现实中的情况是他和她没有相遇,他一个人在街边的长亭里坐了很久,回想起他和她同班学习的日子,她的安静,她的活泼,她的笑靥,她的美。夜色笼罩下来时,他找了一家旅馆住下,一夜无梦。

第二天,皮卡离开了这个南方小城。他走的时候,小城的天气格外好,意外的没有落雨。

雨天，去见一个人

皮卡推着自行车走出单位大门的时候抬头看了看天，雨似乎下得更大了。霏霏细雨从早晨一直下到现在，丝毫没有停歇的迹象。

路上的行人都把自己隐藏在了雨衣里，只露出一张模糊的脸。这样的效果正是皮卡想要的，他不想让熟人认出他，因为他今天要去见一个女孩。

女孩是一家饭店里的服务员。一周前，皮卡和几个朋友去城北青山脚下的一家饭店吃饭，为皮卡这个包间服务的是一个叫苏苏的女孩，第一次见到扎着大辫子、不施脂粉的苏苏，皮卡的眼前一亮，只有十九岁的苏苏穿着黛黑、暗黄相间的短袖上衣和一件暗蓝色长裙，这样一身暗淡无光的色彩却衬托得苏苏光芒四射、秀气逼人。

自从见到苏苏后，皮卡的心里就装满了她的音容笑貌。皮卡并不是一个花心男人，相反，他是一个安分守己、循规蹈矩的男人，他每天按时上下班，到月底领了一份工资也如数交给老婆保管，就连他上下班的路线，和老婆在床上的热身动作也是一成不变的……今天，他对这一切感到了厌倦。

皮卡急蹬着自行车，目的地越近，他的心就跳得越厉害，他仿佛看见苏苏纯情的大眼睛正含情脉脉地看着他。

当皮卡抹了一把脸上的雨水加速前行时，他看见前面有一位老人正弓腰撅腚地拉着一辆平板车艰难挪动。老人的身上虽然裹着塑料雨披，但他的全身已经被雨水浇透了。

皮卡只犹豫了一下就用空出来的一只手帮着老人推板车,平板车上装着大半车的西瓜,看来,天气不好,西瓜也不好卖。

老人感觉到平板车轻了不少,他回过头来,老人和皮卡四目相对的时候,两个人都喊了出来,皮卡喊了一声:"爹!"老人喊了一声:"三娃,怎么是你?"

爹的疑问和惊诧让皮卡怔了一下,但多年来的历练已经让他学会了镇定,他说:"今天下班早,我想回家看看,正好遇到了您。"皮卡的话并没有完全打消爹的疑问,但爹没有再问下去。

到家时,天已经完全黑了下来,娘看见突然归来的儿子显得格外高兴,她一边小跑着进屋找干爽的衣服让儿子换下来,一边埋怨着老伴不该让儿子拉这么重的平板车。

穿上自己以前的衣服,把自己洗干净以后,母亲已把做好的饭菜端上了饭桌。

这顿饭皮卡吃得格外香,皮卡大口吃喝的时候,母亲在一边笑眯眯地盯着他看。

爹喝了一口酒后,呷巴着嘴巴问皮卡:"你这时候回家一定还有别的事情吧?"

娘在一边插话:"是不是和媳妇吵架了?"

皮卡说:"怎么会呢?你看我像吵过架的样子吗?"

娘又问:"单位领导批评你了?"

皮卡说:"娘,你别乱猜了,我真的没有什么事情,只是回来看看。"

爹呷巴着嘴说:"你肯定是缺钱了!"爹看了一眼娘:"你去把床头下的那份存折拿出来给三娃。"

爹拿着存折硬塞到皮卡手里,爹说:"我上个月去你家时,你媳妇就嚷着让你买辆小轿车,你媳妇说,你的同学、朋友们都买了家庭轿车就你整天还骑着自行车上班。小孙子也嚷嚷着,别的小朋友的爸爸都开着小轿车去接他们,只有他的爸爸还骑着自行车接他,他说爸爸再不买轿车以后就不让他

尘埃里的花朵

接了。"爹喝了一口酒后又说:"三娃,既然人家都买了家庭轿车,咱也不能比他们差,爹虽然没有几个钱,但我和你娘这些年来靠种西瓜和种庄稼也存了一万块钱,这点钱你拿着,不够的话你再凑凑。"

皮卡还想解释,爹把他的手攥得紧紧的,不让他把存折放下来。爹说:"你什么都不要说了,爹都知道,爹也只能帮你这些,我和你娘现在还能挣一点,不用你们惦记的!"皮卡听着爹的话,他此刻真想扇自己两耳光子,如果爹知道了他不是专门回家而是去见一个女孩,爹会怎么想?

雨下得更大了,皮卡攥着热乎乎的存折,他的视线穿过茫茫的雨幕,穿过黑黑的夜空和遥远的时空隧道,他看见一个少年在哭诉着:"爹,我要买一双运动鞋,同学们都买了运动鞋,只有我没有,他们都笑话我!"爹摸着少年的头说:"买,爹一定给你买,既然同学们都有,咱就买,咱不会比他们差的!"三天后,爹瘸着腿给他送来一双崭新的白色运动鞋,爹为了给他买运动鞋在后山上挖药把腿摔瘸了。

皮卡趁掏手机的工夫把眼泪擦干净了,他拨了一串号码后对着手机说:"我回老家了,今晚不回去了,我想在家里住一夜。"

旧沙袋

这天下午,皮卡在办公室里无事可做,他给杜鹃打了一个电话:"我下班后去菜场买菜,今天让你见识一下我的厨艺。"

杜鹃在电话里笑着说:"太阳从西边出来了,我们家的领导也要下厨房了。"

皮卡很长时间没去过菜场了,偌大的菜场里,一个挨着一个的菜摊上泛着绿,透着红,甚是好看。一会儿,皮卡就买齐了所需的菜,他提着两大包菜朝外走。

走到干货区的时候,皮卡看见一个男人在殴打一个卖干货的女人。男人寸头、宽脸,人高马大。一个矮个子男人,大概是女人的老公,被寸头一脚踢倒在地。

干货区的商家、卖主和行人远远地观看,没有一个人上前拉架。

皮卡抬头看天,朗朗乾坤,无一丝云彩。皮卡放下手中的菜,走到干货摊前喊了一声:"不许打人!"

寸头停止了殴打,瞪视着皮卡:"你是谁?"

寸头的目光让皮卡感到了一丝寒意,他看着围拢过来的行人,挺了挺胸脯说:"有事说事,不要打人!"

寸头不屑地看了皮卡一眼:"想知道为什么打人吗?我告诉你。"

寸头指着女人说:"我买她的干货,明明只有一斤四两,她却说是一斤八两。我今天要教训教训她,让她知道爷是谁?"说完挥拳又打。

矮男人从地上爬起来哀求寸头:"我老婆是第一次来卖货,她不会用秤,您就饶了她吧。"

寸头一脚又把矮男人踢倒了,转身又去打瘦女人,他的手被皮卡抓住了。

寸头一把扯开胸前的几粒扣子,胸口处露出一条张牙舞爪的青龙,他的目光咄咄逼人:"你是吃饱了撑的,想管闲事?"

皮卡后退一步,他看看前后左右,人们都在看着他,他又抬头看一眼寸头,寸头的目光里透出一股子凶狠。

皮卡突然放低了声音,他拉着寸头的手走了一步:"兄弟,有话好好说。"

寸头像座山一样挪动了半步。

皮卡说:"兄弟,这两个卖干货的是我老家的亲戚,你别和他们一般

PART 5

尘埃里的花朵

见识。"

皮卡看了一眼寸头,寸头的神色有所缓和,皮卡继续说:"都是小城里的几个人,抬头不见低头见的,兄弟你高抬贵手,放他们一马。"

寸头哼了一声说:"你是干什么的?"

皮卡递过一张名片说:"上面有我的单位地址,以后有什么事情,兄弟尽管去找我。"

男人看一眼名片,又看一眼皮卡,朝干货上踢了一脚,走向停在附近的一辆黑色轿车。

女人蹲在地上哎哟哎哟地叫,脸上有血流出来。皮卡说:"哎呀,流血了,不能让他走了。"

寸头已经坐进轿车,车屁股后面冒出一溜黑烟,绝尘而去。

皮卡说:"把他的车牌号记下来。"

矮男人说:"记车牌号有什么用?"

皮卡说:"报警,让他赔偿医药费。"

矮男人叹一口气:"算了吧,这样的人得罪不起。"

瘦男人说完就去收拾一地凌乱的干货了。

皮卡回到家时天已经黑了,他刚进门,杜鹃就嚷嚷:"你怎么现在才回来呢?"

皮卡本来想把在菜场里发生的事告诉杜鹃,他看了一眼她的脸色,忍住没说。杜鹃拎着菜气哼哼地进了厨房。

吃饭的时候,皮卡开了一瓶红酒,给自己倒了一杯,又给杜鹃倒了一杯。杜鹃冷着脸说:"不喝了,吃完饭我还要去练瑜伽呢。"

饭后,皮卡一个人在家里郁闷地转着圈。他在想自己为什么要去管闲事?如果不去管闲事就不会有现在的不愉快。皮卡有一种沮丧、无力感,他曾经想象着在坏人面前像个英雄一样横空出世,现实却让他重重地跌落在地。

皮卡来到阳台,他在一堆旧物中找到了以前练习拳击用的沙袋。皮卡把沙袋从旧物里拣出来,重新吊了起来,他活动了一会儿身体,在脑子里想象着沙袋变成了一个十恶不赦的坏蛋,他的拳头充满了正义的力量……

踢踏歌

皮卡四十岁才得一子,妻杜鹃奶水不足,只得添加配方奶粉。

儿子每次喝奶粉都手动脚摇、哭天号地。皮卡就在儿子喝奶粉的时候做一些古怪动作,以此让儿子安静下来。这样过了一段时间,儿子看腻了皮卡的那一套古怪动作,小家伙喝奶粉的时候又不安分了。

有一天,儿子喝奶粉的时候哭闹,皮卡给儿子跳舞。那天,皮卡穿的是一双旧皮鞋,皮鞋跟钉了掌,走起路来咔咔响。皮卡年轻的时候曾经学过踢踏舞,后来因为种种原因荒废了。

皮卡在客厅的一块空地上跳起来,前刷、后刷、跺步、单脚跳、重拖步、拖滑步……儿子的眼睛一眨也不眨地盯着皮卡,皮卡跳完了,儿子也喝完了奶。

从那以后,儿子喝奶粉的时候,皮卡就给儿子跳踢踏舞,客厅成了皮卡的舞台,他脚步不停,舞动不停。杜鹃在哼一首歌,皮卡踏着那首歌的旋律跳起来。杜鹃的一首歌哼完了,皮卡停下了脚步,吃饱了的儿子咧开嘴巴咯咯笑了。

临近春节的时候,单位里要排演一场联欢晚会,任务下达到各个科室,每个科室要拿出一两个节目。科里的几个员工都比皮卡年龄大,这个任务

PART 5
尘埃里的花朵

就落在了皮卡身上,他们说:"你年轻,你上吧。"

单位的联欢晚会上,皮卡在没有任何伴奏的情况下用踢踏舞步奏出一首大家都熟悉的旋律。当皮卡一脸汗水地停下舞步,台下鸦雀无声,过了足足有两分钟,响起雷鸣般的掌声。

皮卡在单位里一下子红了。原来在单位里默默无闻的皮卡,现在只要一走进单位,就有人热情地和他打招呼,就连局长见了他也会说一句:"小伙子,跳得不错。"

皮卡的踢踏舞上报到了市里,经过层层筛选,最终入选市春节联欢晚会节目大名单中,并将在电视中直播。

在准备节目的日子里,皮卡待在家里,一门心思练节目。局长还特批了经费给皮卡准备服饰,踢踏舞鞋。

直播晚会的日子到来了,皮卡在杜鹃的叮咛中,在单位员工、局长的期待中登场了。

皮卡站在灯光辉煌的舞台上,朝台下深深鞠了一躬,长吸了一口气,开始了他的踢踏歌。

起初,皮卡还有些紧张、生疏,台下一个孩子的啼哭声让皮卡仿佛听到儿子哭闹着不喝奶粉了,他的舞步开始流畅、协调了,他甚至听见妻子杜鹃在哼一首熟悉的歌谣。杜鹃一手拿奶瓶喂儿子,目光深情地注视着他,脚下的这方舞台成了皮卡家里的客厅,他潇洒自如,流畅优美,旋律似天籁之音,流淌下来……

当皮卡一身汗水地站在舞台中央时,空气凝固了,直播间里出现短暂的冷场。直到一个长发飘飘的女子把一束鲜花献给皮卡,并拥抱了他的时候,台下的观众才像刚从梦中醒来,潮水般的掌声一波刚落,一波又起。

晚会结束后的很长一段时间里,皮卡沉醉在舞台上那让人心醉的一幕,长发女子的深情拥抱,那一抱,像一个经典场景,在他的梦里一遍遍播放。

儿子哭闹着不喝奶粉的时候,皮卡跳得有些走神了,不但杜鹃觉察到了,儿子似乎也感觉到了。皮卡突然停止了跳踢踏舞,儿子哭得更厉害了,杜鹃说:"快跳呀,儿子不喝奶粉了。"皮卡咆哮着朝杜鹃喊了一句:"不想喝就饿他三天。"杜鹃看着丈夫的反常表情,张了张嘴巴,皮卡恼怒地走出家门。

皮卡沿着街道走着,走到沿河边的一处公园里,他看到一个长发飘飘的女子,此女子太像彼女子了,那个在梦里一遍遍重复播放的经典场景又一次重播了。皮卡走向长发女子,伸出双臂,拥抱女子年轻的、洋溢着青春气息的躯体……皮卡走向长发女子的时候没看见前面有一个凹坑,眼前一黑,重重地跌倒了。

皮卡伤好出院后,他的一只脚再也不能跳踢踏舞了,那只脚在行走的时候发出踢踏、踢踏极不协调的杂音。

天鹅舞

S局缺一名业务副局长,上级部门发了一个通知:业务副局长在S局全体职工中选拔产生。

在S局的历史上,局长和副局长的产生无非是上级部门派遣,从兄弟单位提拔任命,或是在S局内有资历有能力的干部中选拔,像这样从普通职工到党员干部一视同仁的海选提拔,在S局还是第一次。

马宝听到这个消息后激动得心都要跳出来了。马宝来S局已有十年,业务精湛,工作勤恳,有理想有激情有抱负,论业务能力,S局内无人可与其比肩。

一个月后,副局长的海选名单张榜公布,入围名单二十人,马宝的名字也在其中。

又过了一个月,业务副局长人选最终张榜公布的时候,马宝的眼睛死死地盯着榜单上那个属于别人的名字,足足盯了有五分钟。离开的时候,马宝的脚步发飘,人有些摇晃,仿佛脚不是他的脚了,躯体也不是他的躯体了,脑海里一片空白。

三年后,局里决定在内部员工中选拔一名业务科长。因为有了上一次的教训,马宝对这次科长选拔一事表现得不够积极。

马宝没有报名让很多人不理解,有人劝说马宝:"这次的科长人选非你莫属,你那么优秀,成绩那么突出,要是不选你就没有天理了!"

入围的六人名单在马宝的意料之中,他的名字醒目地排在第一位。入围名单公布的前一天,有人让马宝请客,并说马宝出任科长一职已成定局,只差最后公布了。

科长人选公布那天,马宝是最后一个去看的,去的时候,心里无端地生出一种不好的预感:他可能会落选。

当马宝站在榜单前,看着榜单上别人的名字时,他的心一下子跌落到谷底,有很长一段时间里,他待在黑暗潮湿的"谷底",无力爬上来。

马宝生了一场病。住院期间,马宝得以有时间思考两次竞选的失利,最终他确认,不是自己不行,是有外因。

在马宝四十五岁那年,他所在的科室要提拔一名副科长,放眼科室里的十几名员工,从资历到能力,马宝应该是当仁不让。最后公布副科长人选的时候,依然不是马宝。

那天晚上,马宝一个人喝了半斤多白酒。女儿在看电视,马宝说:"闺女,让爸看一会电视。"女儿说:"不行,我要看。"马宝说:"咱们剪子包袱锤吧,谁赢了谁看。"女儿高兴地说:"好,三局两胜。"马宝说:"一局定胜负。"

第一局马宝赢了,他去女儿手中抢遥控器,女儿说:"不行,说好了三局两胜的。"第二局马宝输了,第三局马宝又赢了。女儿大声嚷嚷着:"爸爸说话不算数,是你自己要一局定胜负,再来一局!"这一次,女儿在马宝先出布后才出剪子,亮完之后大叫着:"我赢了,我赢了!"

被女儿斗败的马宝走出家门,来到一处广场,很多人在广场上成双成对地跳舞。马宝站在旁边看了一会,没有舞伴,一个人随着舞曲跳起来。

一曲舞罢,马宝站在场地的一角擦着额头的汗,很久没跳舞了,只跳了一会儿就出汗了。想当年,马宝在大学里号称舞蹈王子,他在学校大礼堂里跳的天鹅舞,让台下的那些女生们都看痴了。

正胡思乱想着,舞曲再一次响起,是马宝熟悉的《天鹅之舞》:

> 当生命降落在湖里那一刻
> 便开始了我无法改变的命运
> 我这身洁白羽翼、高雅舞姿
> 注定要为世人的欣赏无法停歇

马宝仿佛看到台下有无数的观众,男生尖利的哨声和嘶哑的呐喊,女声热切的目光和绯红的脸蛋……

> 舞动啊,舞动啊
> 在岁月里日日夜夜地舞动啊
> 舞动啊,舞动啊
> 在生命结束的那一刻也舞动啊
> 转瞬就走过了一遭,舞过了一世

马宝看到自己在一个又一个的白天、黑夜里奔跑、呐喊……

> 人们记住了天鹅之舞,
> 却不知道当中的小小白天鹅
> 我不介意,从不要求世人记得我

只要世人知道天鹅舞就是我的荣耀

舞曲停止了，马宝整个人像是虚脱了似的站在场地中央，他的周围是一圈圈围观的观众。马宝愣愣地看着眼前的人群，像是从梦中刚醒来。

短暂的冷场过后，掌声响起，一波未停，一波又起。马宝的眼里生出些潮气，他仿佛又一次站在学校大礼堂的舞台上，低头，弯腰，鞠躬，走出人群，慢慢地踱回家。

>>>>> PART 6
游冠山仙境记

　　他被眼前的美丽景观深深感动,欣然挥毫写下了"冠山仙境,福地洞天"之佳句,并诙谐地说:"大家齐心努力,等我们的事情办好了,我也来做神仙"。人民领袖的音容笑貌已经与冠山仙境同青共春,永传于世。

游冠山仙境记

今日夏至,并无想象中的热。骑车走在冠山路上,风凉飕飕的,天空中有一大片灰白,太阳还躲在厚厚的云层里。

行至一个深凹的谷底,爬上一段长长的陡坡,一块巨石陡然呈现在眼前,上书一行大字:冠山风景名胜区。

电动车沿着飘带一样的山路飞驰,远远地看见一个高大的山门,有数栋仿古建筑掩隐在挂满果实的桃树、杏树之中。

按捺不住激动的心情,一步跨进山门,穿过塑有尹喜、张良、徐庶、罗成石像的甬道,在镌刻着刘少奇同志手书"冠山仙境,福地洞天"的巨石前驻足凝思,脑海中出现了这样一幅画面:在山花烂漫的一九四二年五月,刘少奇饶有兴趣地与大家一道登上冠山仙人洞处。他被眼前的美丽景观深深感动,欣然挥毫写下了"冠山仙境,福地洞天"之佳句,并诙谐地说:"大家齐心努力,等我们的事情办好了,我也来做神仙"。人民领袖的音容笑貌已经与冠山仙境同青共春,永传于世。

走在寂静、深幽的山道上,天色尚早,几无游人,耳边只有风吹山林的簌簌声,有不知名的鸟儿尖着嗓子叫。

走了一程,前面传来说话的声音,那声音似乎近在眼前,却看不到人,真有点"空山不见人,但闻人语响"的意味。

继续前行,隐隐听到前方有泉水流淌的声音,泉水来自演武场西南侧的龙凤泉。据说,此泉水男人饮用可以福禄双至,女人饮后可以生龙凤双胎。泉水清洌,水道随山势蜿蜒,消失在茂密的林木之后。泉水东侧有一株千年古银杏,《临沂县志》记载:"三清阁有银杏二株,为尹喜、徐庶手植"。据考证,北株植于魏八年(227),现已形成"五代同堂"、"怀中抱子"奇观,南株植于公元前509年,一九四八年毁于战乱,时隔十年后又在根部抽出一枝新芽,现高达二十多米,且挺拔茂盛。活灵活现地印证了道家"万事万物,生生不息,周而复始"的宇宙观。

一道姑在树下捡拾银杏果,见我走来,向我问早。我问道姑捡拾银杏果有何用? 她答可食用。《本草纲目》中记载银杏果熟食温肺、益气、定喘嗽、缩小便、止白浊;生食降痰、消毒杀虫。难怪见她仙风道骨、修道行、住仙山、饮泉水、食千年银杏果,何尝无仙气?

银杏树北侧是三清殿,依山势而建,步步登高,进入殿内已是气喘吁吁,双手合十,虔诚膜拜。

出三清殿左行,北侧山体上裸露出一块巨大的摩崖石壁,名"第一卷山"。上面镌刻着老子的《道德经》,洋洋洒洒、笔法苍劲有力,观之惊之叹之。据说在刻前曾遭到不少非议,景区老总彭敏坚持己见。雕刻完毕后,很多有品位的游客啧啧称赞,说山上的景观可以一把大火饶掉,只要此山仍在,这些石刻将与山体共存。

石刻前有一井,曰喜泉。井中泉水可给人带来喜事、好运。喜泉南侧有古树数株:木瓜、紫薇、乌柏,树龄皆在三百年左右。

游览至此,我决定去攀登高在山顶的冠山仙人洞。初登山道,两旁大树参天、临壑幽美,行数步即有石桌、石凳供游人休息。山势渐陡,呼吸声渐粗、两腿快要挪不动的时候见道旁有一闲亭,闲亭两侧石柱上有一副对联,走近细看,不禁心生感悟,从右念至左:"青松有音开口劝君暂歇息,闲亭无语低头笑客何匆忙。"走进亭内,见石桌、石凳上落满灰尘,想是久无人坐了。走出亭外,我静立片刻,想一想熙熙攘攘、匆匆忙忙的人生,唯有闲亭独立于此,笑看世人、沉默不语。

歇息片刻后继续前行，山路越来越陡，仙人洞却遥不可见。我心中却默念闲亭里的那副对联，遇见石凳即歇息，喝一口瓶装的山泉水，让清凉滋润心田，看山间怪石嶙峋、云雾缭绕，自有另一番感慨。

仙人洞终于在望了，登上一段平整的山地，坐在一株枝叶婆娑的大树下，头顶上方就是传说中张良和徐庶修道成仙的仙人洞。往下看一览众山小，心底陡生豪气，几步登近仙人洞前。洞内"容积不逾方丈，而中有天然之石榻石椅，滑而光泽，若人常坐卧者然。"默站片刻，心念虽为传说，但修炼心境，苦心志，劳筋骨，亦可自成为心中的仙。

下山时，我走了另外一条山道。此道和彼道不同，道旁可见桃、杏等数种果树，累累硕果高挂树间，甚为喜人。

不知不觉到了山下，回望过往风景，一草一木，皆入目入心。步出山门时兀自默念：冠山，我还会再来。

西行记

——二〇〇八年河南新乡小小说青春笔会琐记

西行，西行，再西行

五月二十日的傍晚，雨骤然大了起来，客车颠簸地行驶在风雨中，我的心也在这忽大忽小的雨中焦灼着、向往着，西行的第一站——临沂。

到达火车站后，老远地看见了有着阳光般微笑、短期内两上《小说选刊》的"大男孩"邵昌玺，因为早就熟识了，只是一个远远的招呼，一个相逢的微笑，因为小小说，一切都近了。

雨依旧如注，在候车大厅里的我和邵昌玺正聊得热火朝天，手机突然响了，是聂兰锋大姐打来的，聂大姐说她已经到了火车站，我和邵昌玺匆匆走出候车室，一辆白色的车子就停在候车大厅前，半开的车门里，聂大姐在微笑地向我们招手。

我和邵昌玺坐进车内时才发现车里坐着的是聂大姐一家，聂大姐的老公符大哥坐在驾驶座上，还有大姐的那个可爱、聪明至极的孩子。我和邵昌玺深受感动，这隆重得把我们俩当成自家人的待遇让我的心里陡然地热了一下。

饭店选在一家特色老餐馆里，一盆炖得香浓酥软的老母鸡汤，几个家常却精致的小菜，话题是从小小说开始的。一提到小小说，聂大姐、邵昌玺和我都有说不完的话题，符大哥微笑地看着我们高谈阔论，有时，他会在我们谈话的过程中适时地插上一句，他看似随意的一句在我们看来他就置身于小小说的圈内，而且，他了解的似乎并不比我们这些写小小说的少。聂大姐是一位极热情的人，每有远方的文友至此，她都要极尽地主之谊，而符大哥就成了聂大姐和文友们的专职司机，酒桌上还要推杯换盏，符大哥虽然不写小小说，却是聂大姐每篇小小说的第一个读者，而且还是很专业的读者……气氛在酒的烘托中有了进一步的提升，杯子里的酒满了又空了，空了又满了，小小说的话题似乎永远也讲不完，这个时候，我的脑子里突然冒出一个念头：我们要敬符大哥一杯酒。符大哥就是无数个小小说作家"家属们"的代表，正是有了这无数个默默支持小小说的"家属们"，我们的小小说作家们才有了一个相对良好的写作空间，我们的小小说才有今天发展的繁荣现象，我想对那些像符大哥一样默默无闻的"家属们"说一句，军功章上有我们的一半，也有你们的一半！

离开饭店时，雨似乎稍稍停歇了下来，回头看着酒桌上一个个空酒瓶，

突然就感觉自己的头像吹了气一样大,步子也是轻飘飘的,脸上或许已是桃花灼灼。

聂大姐一家把我和邵昌玺送到火车站,大姐一家说要看着我们离去,转过身,走上候车大厅时,看见大姐一家仍未离去,我们挥着手,在依依惜别中踏进了大厅内,似乎只是一个转身,恍惚中仿佛又看见我和昌玺当初走出大厅时,大哥默默地坐在驾驶座上,大姐又在微笑地向我们招手了,远处有长长短短的汽笛声传来,我们该上路了……

继续西行。车过费县时,小小说新秀十强之一的渠志国来到我们所在的车厢,因为早就见过渠志国的照片,所以,当他一踏进车厢的时候,我一眼就认出了他,虽是初次相见,但是一提到小小说,大家好像认识了很久似的,渠志国在临沂是小有名气的诗人,又是当地的新闻记者,鼻梁上挂着的一副眼镜更显得儒雅、内秀。聊至午夜时分,我和邵昌玺已是困意袭面、哈欠连天,渠志国却依然精神抖擞,毫无睡意,他说,你们睡吧,我给你们照看着包。说得多好,就是这样一句看似平常的话,我到现在仍然清晰地记着!

凌晨4点多时,列车终于到达新乡站,此时的新乡还没有从睡梦中睁开眼睛,夜色也还没有完全散尽,踏上新乡大地的那一刻,我在心里长出了一口气:新乡,我们来看您了!

你来,我来,我们大家走到一起来

走出新乡站,远远地看见一位高大威猛如山东大汉的男人就站在出站口的不远处,走过他身边时,我看了他一眼,似乎像我认识的某位高人,这样想着,我回头又看了他一眼,发现他也在看我,如果这个时候我主动上前相认,也许会有意料中的惊喜,可是,他的高大威猛让我有了片刻的犹豫:如果他不是我所认识的某位高人呢? 这样想着的时候,我和邵昌玺、渠志国已经走出了老远,空留下高人独立。

三人做伴,一路行至此次笔会的报到地点——新乡宾馆。因为到的时间甚早,会务组的人员还没有来,我们就坐在大厅里的沙发上等候,在我去卫生间回来的时候,突见数分钟前见到的那位高大威猛的汉子正山一样坐在大厅里的沙发上,大汉伸出手的那一刻,方知就是那位相识的高人——相裕亭老师。相老师成名于数年前,他的《威风》《偷盐》以及《盐河系列》我早已熟读,可以毫不夸张地说,相老师的《威风》《偷盐》两篇作品像两座不可逾越的高山矗立在我们这些新秀们的面前,让我们叹为观止。相老师所在的连云港与临沂相距不远,口音是相近的,所以聊起来无拘无束,相老师说话擅用比喻,而且恰如其分,他毫不保留地向我们传授写作真经,并且相老师在平日里每读到精彩的小小说都会向百花园推荐。

聊性甚浓时,又有人推门进来,我们起身迎接,走在最前面的是被誉为"荷花淀流派"新时期传人的蔡楠老师,多年前蔡老师以一篇《行走在岸上的鱼》横空出世,以及后来的《鱼非鱼》和《叙事光盘》都是我非常喜欢的作品。蔡老师话不多,戴一副眼镜,以儒雅著称,喜欢蔡老师的作品是因为他在小小说文体形式与结构上的所做的探索和突围,时至今日,这种探索和突围依旧在蔡老师的作品中延续着,这种坚持和延续是难能可贵的! 跟在蔡老师后面的是他的宝贝女儿,蔡老师的女儿刚刚高考结束,随父同往。

紧随其后的还有一位瘦瘦的,在新秀赛中有着上佳表现的墨中白,墨中白的文章大多取自现实生活,读来真实可信,令人心生感动。墨中白是一位很勤奋的作者,几乎每隔两三天就会有新作品问世,很早就知道,墨中白的妻子是因为喜欢上他的小小说才不远万里寻访而来,为了爱情,她辞掉了工作,不顾家人的极力反对,与心爱的人结合,成为小小说圈子里的一段佳话。

白面书生刘正权是以他爽朗的笑声出现在大家眼前的,他的健谈,他的随和和亲切让人一见如故。刘正权近年来发表文章的数量极大,惹得很多作者都在声讨他,说他挤占了大家大量的发表空间,呵呵,听到这样的讨伐声我是暗中高兴的,谁让他写得那么好,精力那么充沛呢,大家不讨伐他讨

游冠山仙境记

伐谁呢？刘正权这两年在《古今故事报上》发表了大量故事性强的小小说，据说每年在《古今故事报上》发表文章得来的稿费就有两万多。刘正权联系上了秦俑老师，大家也就暂时从大厅里来到秦俑老师的房间。

不一会儿，更多的文友带着风尘远道而来，小小的房间里很快就挤得满满的，大家来自五湖四海，为了一个共同的心愿，走到了一起，面上的倦容虽然未洗去，但心是热的，话语是滚烫的，时间在飞速流逝，时近午时，大家收拾好行装，准备向着笔会的地点——关山进发。

关山山路十八弯

此去关山多险阻，一路多保重。未到关山，以为关山是一座风景秀美，山水相融的温柔乡。二十一日上午，当大巴载着我们第一批文友攀升在蜿蜒曲折、路边是万丈悬崖的山路上时，车内的人不由得都捏了一把汗，一颗心也悬得高高的。蜿蜒的山路像一条环行的飘带，从高高的山之巅垂落下来，山势越高，道路越险峻，一路上甚至还见到几处小的山体滑坡，有同行的文友此时已不敢看路边的深涧，还有人因此出现了眩晕欲吐的症状。我们的司机，那个一直沉默的男人始终全神贯注地开着车，他的脸上是镇静的，形态也是安稳的，这让我的一颗悬着的心暂时落下来。心情放松了，也就有了一点点的闲情逸致，竟然也看出了一点关山的不同寻常的美来：峰林竞秀、云海飞渡、山崩地裂、铜墙铁壁，气势宏伟，像一幅宏大的山水画立体长卷。

大巴经过漫长的山路盘旋后，终于到达地势相对平坦的山顶——风光无限的"如画山寨"。走出车门，深呼吸了一口清新的山野气息，竟然有了一种一览众山小的豪迈念头。我想到了小小说，想到写作小小说时那种初始时的好奇、新鲜，渐读渐写的过程中，仿若蜿蜒的山路，不知道路在哪里，不知道前途在哪里，战战兢兢、迷茫遮天盖地，及至峰回路转，柳暗花明，才有了混沌之后的清明。

步行至宾馆的时候，抬眼看见威猛高大，面带春风的主编杨晓敏正含笑看着我们一行。疾步拾阶而上，一把握住杨主编的手，那手厚厚的、暖暖的，这深深的一握里，一颗忐忑的心至此终于实实地落了下来。转身走进宾馆大门的那一刻，我的思绪却恍惚起来，还记得二○○六年十一月二十八日的晚上，吃过晚饭，我坐在电脑前打开邮箱时，一封未打开的信件静静地躺在那里，我急切地点开后，看到一行短短的字：写得不错，留用。（杨晓敏）。就是这短得只有十几个字符的短信，让我在电脑前呆坐了好长时间。《等待葛多》在二○○七年第三期《小小说选刊》上的发表，甚至荣幸登上杨总二○○七年二月的一个人的排行榜榜首，我把它看作是杨主编对我的莫大的鼓励，也是对所有小小说新人的莫大的鼓励，正是有了以杨主编为代表的百花园杂志社里这些可亲可爱，兢兢业业的编辑老师们，有杨主编这样高瞻远瞩，以小小说作为事业的领路人，才有了小小说今天的繁荣和地位！

从笔会所在的关山回来后的这几天，我一直在想，这雄伟的关山，这险峻，神秘，大气蓬勃，不只是山路十八弯的关山，是否是杨主编为本次小小说青春笔会所刻意选择的一个理想场所？

百花园里百花开

小小说发展到今天，已经呈现出百花争艳的繁荣现象，从此次参加笔会的人员安排来看，虽然是以七○、八○后的新秀为主，但特意安排的几个如刘建超、蔡楠、相裕亭等名家，这是蕴含深意的，这是一次以老促新，新老传承的笔会，以刘建超、蔡楠、相裕亭等数名小小说领域的中坚力量与朝气、新锐的青年作家构成的小小说的百花园里呈现出一片繁荣景象。

刘建超老师在去年的"金麻雀节"后由于一篇帖子而得到了一个"树哥"的雅号，树哥不只是长得玉树临风，还由于他的风范，他的人格魅力，而成为一位真真正正立起来的"男子汉"！有一句话说得好，作文如做人，刘老师的作品中的人物也大多是勇于担当的有侠肝义胆的角色。笔会期间，

PART 6

游冠山仙境记

刘老师总是尽可能地给新秀以鼓励和帮助,他的师者风范,他的幽默风趣,他的无处不在的气场,有着深深的魅力。

作为二○○七年全国新秀大赛当之无愧的状元,宋以柱所展现出的才气是不可抵挡的,他的《偷食》和《旗袍》已经具有了经典的意味。虽然已经取得了较大的荣誉,宋以柱却是谦逊的,呈现在人前的以柱是瘦弱的,但他的作品却让他整个人丰满和高大起来,唯愿以柱兄在创作的道路上走得更远。临川柴子是一位很有想法也很有抱负的写作者,生活中的他是低调的,他全部的才气在他的创作中有着很好的体现。最早读郭凯冰小小说是她贴在忆石网的《麦香》,这篇作品给我留下了深刻的印象,至今回味起来,仍有余香。二十强中到会的还有长相挺酷的盐夫,帅得无法再帅的郑大的鲁永志,有成熟男人气息的向东,书卷气味很浓的于中飞,皮肤白白的苇子,来自内蒙古的禾刀,说着好听的普通话的章宇光。

一个个熟悉的名字,一张张熟悉的笑脸:名记兼小小说名家奚同发,极有人缘的评论家雪弟,小小说和摄影齐头并进的庄学,实力派小小说作家张国平,亦文亦商的赵文辉,仪态万方的红酒,近两年脱颖而出的实力派女作家非鱼,极尽地主之谊的无业良民,长发飘飘的青铜,刚柔相济的书剑,多才多艺的非花非雾,被誉为"发哥"的龙剑,像邻家大姐一样的平萍,小说、散文、剧本多管齐下的杨琳芳,幽默风趣的大少,小巧玲珑如麻雀的北方麻雀,小小说和评论同样棒的梁晓泉,有着温州人智商的郑成南,瘦弱却沉稳的杜秋平,等等。

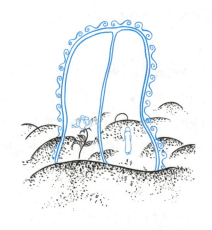

亦师亦友亦兄长

我和高军老师的真正认识是在二○○七年，其实在这之前的很多年里，我就因慕名而在不知不觉中和他开始了跨时空的神交。

十多年前，在当地的《沂蒙生活报》和《沂蒙晚报》上经常可以看到高军的小小说作品，那时候，只要看到有他的小小说的报纸我就买一份。有一次，在书店里看到《微型小说选刊》杂志社出的一本"哲理卷"选本《圆的正方形》，里面有高军的一篇小小说《病》。那时候我初写小小说，对高老师能够经常发表作品，并且有作品收录选本很是羡慕，当得知高老师也是沂南人，和我居住的县城相距只有几十公里后，我在为此而自豪的同时也看到了希望：也许有朝一日我的小小说也能被权威选本选载呢。

二○○四年七月三日，临沂市"小小说六家作品研讨会"在沂州宾馆隆重召开，活动由《沂蒙生活报》社、市文联主办，参加会议的三十多名专业人士，对戴建涛、高军、刘祺瑞、徐国平、李全虎、薛兆平等六位作家的部分作品认真研讨分析，并对本市小小说创作的前景进行了展望。这次会议被称为沂蒙山小小说创作方面的一个标志性事件。九月十二日《沂蒙生活报》刊发《临沂小小说六家作品评论专刊》。如今，小小说六家中的李全虎、戴建涛、刘祺瑞已不见有小小说作品见世，薛兆平也改写了别的文体，唯有高军和徐国平仍在坚持着，并且两位近年都推出了一批好作品，尤其是高军这几年出现了一次井喷现象，作品的数量和质量齐头并进。

二〇〇七年,我第一次去郑州参加"金麻雀小小说节",有幸和高军老师同行。儒雅、和善的高军老师让我有一见如故的感觉。在郑州,我和高老师同居一室,同出同进,几乎达到了形影不离的地步。因为是初次参加这样的会议,在陌生的人群和环境中难免有些手足无措,幸而有高老师相陪和指导,带我拜访小小说领域的各位大家。在会议的间隙和临睡的前夕,我们两个人相谈甚欢,作为一位长者,一位小小说的前辈,他的视角是平视的,没有故作姿态,言语谦和,像是一位可亲可敬的兄长。

二〇〇九年我和高军再次同去郑州参加金麻雀小小说节,似乎是有了足够的默契,我们共同选择了对方为室友。因为列车车次的问题,我们提前一天到达郑州,会议闭幕的第二天晚上才离开。那个人去楼空后的晚上,高军、高薇和我在只有寥寥几人的餐厅里一边吃着,一边聊着,天南地北,无所不聊,但大多聊的还是小小说。也许是因为先前的喧嚣热闹和此刻的寂寥落寞形成的鲜明对比,也许是因为再过几小时我们就将乘车离开郑州了,每个人都喝了不少酒,酒后的我们兴致高涨,话语多多,并且拍下了饮酒时的那份豪情,其中不乏如今想来也好笑的镜头,可惜的是我没有保存下来那些照片,是为小遗憾。

前几天在 QQ 里和高薇聊天得知,沂南写小小说的作者很多,已经出过小小说集的有高军、刘京科、高薇、王秀云,另外还有胡金华、于佃凤、蒋金安也在写小小说,在一个县城里有七个写小小说的作者,数量应该算是比较多了。小小说写作这种地域写作群体现象,与本地域的出现的有影响力的小小说作家有着间接或直接的关系,像以沈祖连为会长的广西小小说学会,以蔡楠为主任的河北小小说艺委会,以申平为会长的惠州"中国小小说创作基地",以刘国芳为带头人的抚州小小说作家群等,他们是标杆,是旗帜,在一定程度上起到摇旗呐喊的作用。在沂南,或者说在整个临沂地区,我认为高军在有形和无形中影响和带动了一批小小说作者。临沂的小小说作者除了以上提到的小小说六家和沂南的几位作者,另外还有聂兰峰、陈正举、刘明才、孙艳梅、郭敏、王洋、邵昌玺、渠志国、杨进修、凌尘、秦兴江等,在一个地域,出现了如此众多的小小说写作者,是一个值得关注的现象。基于此,我认为这些数量众多的小小说写作者的出现,与那些有影响力的小小说作家的不可或缺的模范带头作用有着关系,高军作为一名小小说的写作者和评论家,堪为师者典范。

她

腊月二十八的傍晚,闺女把煮好的饺子送到医院里,素馅的,她吃了十五个。吃完饺子,闺女陪着她说了一会儿话,她对闺女说:"我现在胸不闷了,也不气喘了,你放心回去吧。"闺女在她的催促下走了。

闺女走后,她拿着一个塑料盆出门接热水。走到拐弯处的廊道里,她看见病床安在廊道里的一对夫妇在吃饭。两个人的年纪看上去不小了,头发都白了。女人手里捏着去了刺的带鱼喂男人,男人歪着头,噘着嘴:"不吃,我不吃!"女人说:"就吃这一块,吃了这一块就不吃了。"男人转过身子,背对着女人:"跟你说了几遍了,我不想吃嘛!"女人脸上挂着笑,转到男人前面,把鱼举到男人嘴边:"听话,就吃这一块。"男人张开嘴巴,赌气似的一口把鱼咬到嘴里。

接完热水,回到病房后,她脱下袜子,把脚放在热水里泡。正泡着,老伴回来了。

老伴是去澡堂子里洗澡的,明天就是除夕,洗完澡准备过年了。老伴看见她在泡脚,放下手中的东西说:"我给你洗吧。"洗脚的时候,老伴摩挲着

她的脚酥酥的,痒痒的,她很是享受地闭上了眼睛。

睡觉的时候,老伴把一张空床搬过来和她的床靠在一起。这个病房里原来住着四个病人,都是心脏病。前天晚上,在她右侧病床上躺着的那个女人突然就不行了,抢救了半个多小时也没救过来。另外两张床上的病人因为急着回家过年,昨天办了出院手续一起走了。

老伴把两张床并在一起,把她的枕头垫高,打开电视,靠着她躺了下来。

有多长时间,她和老伴没有这样头挨着头紧紧地偎在一起了?只记得结婚的时候,她和老伴曾经这样紧紧地依偎过。这样的好时光只持续了一年,第二年大儿子就出生了,她的心思就全放在大儿子身上了。大儿子三岁的时候她有了女儿,又过了三年,她生下了小儿子。似乎只是一眨眼的工夫孩子们就长大了,上学、工作,结婚了。

大儿媳妇生孩子的那一年她五十五岁,进城伺候月子里的儿媳妇,照看刚出生的小孙子,把孙子照看大了,上学了,二儿媳妇又生了女儿,她又去二儿媳妇家。她的这一生除了在地里和老伴一起刨食养活这个家,其余的时间似乎都在照看孩子。先是照看儿女,儿女大了照看孙子、孙女,现在孙子和孙女大了,不用照看了,她有时间好好地休息,颐养天年了,却因心脏病突发住进了医院。

电视里在放着某个地方台的春节联欢晚会,老伴已经睡着了。住院的这些天,晚上都是老伴在医院里陪着她。儿子和闺女要留下来照顾她,她说:"有你爸一个人在就可以了。"

老伴睡得正香,她怕打扰老伴,关掉电视,靠着他躺下了。躺下后她侧着身子盯着老伴看了一会,不知道什么时候睡着了。

一觉醒来的时候,屋子里黑着,只有廊道里的灯光亮着。她想起床小便,老伴还在打着很响的鼾声。她挣扎着从床上下来,刚站在地上,一阵天旋地转,她瘫坐在了地上……

凌晨四点三十分,闺女的手机响了,手机响的一刹那,闺女就把手机抓到了手里。电话接通了,里面传来一个急促的声音:"艳啊,快来,你妈快不

124

行了！"

放下手机后，闺女开始哭，一边哭，一边哆哆嗦嗦地穿衣服。闺女哭着跑过病房廊道的时候惊醒了床上的一对老人，老人睁着惺忪的睡眼木然地看着闺女跑向廊道的尽头。

还没到病房门口，从里面传出哭声，闺女的腿脚有些软，轻飘飘的，飘到病房门口。闺女看见病床上的她面容安详，嘴唇紧闭，呈墨紫色，像熟透了的葡萄。

欢喜冤家

父亲是个慢性子，走路慢，干活也慢，天塌下来都不急；母亲的性格却相反，性子急，说话心直口快，做事风风火火。父亲和母亲，一个是水，一个是火，两个人吵吵闹闹了几十年，把一头青丝吵成了如霜白发。

父亲和母亲进城后依旧为一点儿不起眼的小事争吵不休，他们就像两只斗志昂扬的斗鸡，梗着脖子，瞪着眼，扑棱着翅膀，随时都能冲到一起。

有一天，父亲和母亲因为一件小得不能再小的事情闹得不可开交，这一次，母亲选择了离家出走。

起初，父亲以为母亲不过是在使小性子，气消了后就会回来的。父亲甚至想，等母亲回来后，他要狠狠地嘲笑她一番。时间一点点地过去了，儿子和媳妇陆续下班回到家了，母亲还是没有回来。儿子要去找母亲，父亲说，我去吧。

天一点点地黑下来，路灯渐次亮了起来，做好的饭菜热了一遍又一遍，

　　父亲和母亲仍然没有回来，儿子决定出门去找。

　　儿子在小城的街巷里穿梭着，他去了繁华的闹市区，去了人群聚集的广场，去了城市绿地、河畔、公园，去了所有该去的地方，都没有父母的身影，儿子的心里突然涌上来一种不祥的预感，他甚至想到是否要去报警。

　　儿子骑着车心神不宁地拐入一条小巷的时候，他惊喜得差一点儿叫了出来，他看见了父亲和母亲。

　　父亲骑着老式"大金鹿"自行车，像骑着一头年迈的黄牛。母亲乖顺地坐在"大金鹿"后座上，她的头靠在父亲那瘦弱却挺直了的后背，一只手放在了父亲的腰间。父亲骑得很慢，那条窄窄的小巷长得仿佛没有尽头，小巷的路灯昏黄，两个长长短短的影子投映在高低起伏的石子路上。

　　儿子屏住呼吸悄悄跟在后面，他唯恐呼吸声惊扰了父亲和母亲。在儿子的记忆中，从来没有看到父亲和母亲靠得这么近，这么亲密。父亲和母亲睡的那张大床上，他们的枕头都是一个在床头，另一个在床尾；父亲和母亲每次出门散步，一直是父亲在前头走，母亲在后面跟，儿子从来没有看到他们并排行走过。此刻，在这条寂寥的小巷中，在这昏黄的路灯下，儿子第一次看到父亲和母亲依偎得这么紧，像一对亲密无间的恋人，像一对天长地久、永世不分的情侣。恍惚中，儿子仿佛看到父亲和母亲亲密无间、相濡以沫多年了，他们从来就没有争吵，甚至没有脸红过，那么多年过去了，他们似乎一直就是这样相依相偎地走过……

　　父亲和母亲走到小区前面的一条街道上时，母亲从自行车上下来了，父亲推着车子在前面走，母亲拉开距离在后面跟，那段拉开了的距离仿佛又把父亲和母亲分隔成了一对互不相识的陌生人。

　　在后来的很多个日子里，父亲和母亲依旧为了一点儿琐事而争吵不休，似乎宁静和相安无事的日子让他们无法容忍，争吵已经深入到了他们的骨子里，融入彼此的血液中。也许，父亲和母亲在前世里是一对冤家，今世，他们为了未了的恩怨又走到一起，他们不可避免地要争吵不休，直到争吵到哪里也去不了，父亲和母亲依然还是彼此手心里的宝。

非洲大姐

立秋这天,天气依然炎热。妇产病房里更热,门窗关闭,空调不能开,风扇也不能开。

妻是剖腹产,躺在床上静养。儿子刚出生两天,闭着眼睛哭,一会儿尿了,一会儿拉了,我手忙脚乱、汗流满面,对这个小东西无计可施。

"孩子是饿了吧?"非姐把胖胖的身子从床上挪下来,她探着头,想要过来帮忙,却犹豫着。

我擦了一把头上的汗,用求助的目光看着非姐:"不知道呢,只是哭。"

非姐把两只胖脚放进拖鞋里,走到儿子的小床前,俯下身子看了看:"是饿的,给他喝奶。"

妻按了按胸部:"还没下奶呢。"

非姐说:"让孩子裹奶,裹一裹就有了。"

妻解开上衣,非姐把儿子放在妻身上,儿子不安分地动。妻把乳头放在儿子嘴里,儿子撅着小屁股,像只小猪在拱。非姐脸上的汗珠沿着她黝黑的脸颊流下来,我想帮她擦一擦,妻虚弱却欣喜地叫了一声:"下奶了。"

非姐笑了,我也笑了,儿子的小屁股撅得更用力了。

非姐四十多岁,得的是子宫肿瘤,需要切除。来的那天,非姐和她的瘦老公,一个安静地躺在床上发呆,一个低着头坐在床边无语。两个人偶尔说一句话,声音很小,听不清楚。正午时分,母亲把做好的饭菜送来了,我们吃

饭的时候,非姐和她老公一人拿着一个摊煎饼,坐在床上无声地吃。吃几口,喝一口白开水,吃完了,非姐又躺在床上,非姐的老公走出病房。

吃完饭,母亲从包里拿出一半西瓜,分割成若干块,拿了一块较大的给非姐,非姐拿着两只手,连声说:"不要,不要。"

母亲说:"天热,吃了解解暑。"

吃完西瓜,非姐的话明显多了起来。非姐的家在南部的一个乡镇,有两个孩子,一个男孩,一个女孩。非姐的老公在外地拾破烂,家里的农活忙完后,非姐就跟着老公去拾破烂。拾破烂是个脏活,也累,收入还可以,比在家里种那二亩地还强。非姐看上去很知足,她说,比不上你们上班的舒服,风吹不着,雨淋不着,太阳也晒不到。她指着自己的脸说,瞧我这张脸,都是太阳晒的,像个非洲人。说完,自己哈哈笑了。可是我能吃能喝,你们看我这一身的膘,再苦再累都不耽误我吃喝,我把自己喂成了一头肥猪。

只一天的工夫,我和妻都喜欢上了这个乐观、又黑又胖的"非洲大姐",我们亲切地喊她"非姐"。

晚上,病房里更闷热了。病房的对过是厕所,有刺鼻的怪味从门缝里挤进来,蚊子、苍蝇也排着队进进出出。非姐热得脱掉外衣,只穿件小汗衫,她一会儿坐起来,一会儿又躺下来。后来,非姐走出了病房。

病房的左边有一个过道,穿堂风源源不断地吹来,非姐坐在过道里,一个人想着心事。

晚上十一点多的时候,非姐从外面回来了,因为热,我和母亲还没睡着。非姐进门就说:"你们把钱、手机等贵重物品藏好。"

我问:"怎么了?"

非姐说:"我看见一个男的,不像是好人,他一直楼上楼下地走,像是一个贼。"

我让母亲待在屋里,我走出门。一个男人站在过道边的病房门口朝里张望,男人看了一会儿,推门走了进去。

病房前有一张铁床,铁床上躺着一个老妇,我叫醒她:"有个贼进了房间。"老妇一下子从床上爬起来,推开门高喊:"抓贼。"屋里的灯亮了,里面传来女人的尖叫声,男人的呵斥声。

警察把贼带走后,老妇一连声地向我道谢。我说:"不用谢我,要谢就谢我们房间的那位大姐,是她先发现的贼。"

儿子出院的那天上午,非姐进了手术室。一直到下午,非姐才被从手术室里推出来。我和非姐的老公使出吃奶的力气把她抬上床,非姐一直在呻吟,她的眼睛闭着,脸上的肥肉因为疼痛挤在了一起。

我们收拾好东西出院的时候,非姐已经睡着了。睡梦中,她低一声高一声地哼着。

在住院部的收款处,我见到了非姐的老公,他一个人孤独地蹲在地上,空荡荡的大厅里只有寥寥几个人。看见我,他站了起来。他说,预交的钱已经花光了,正在为借钱的事情犯愁。我想对他说,我手头有点钱,先借给你应急。我终于没有说出来,我和他非亲非友,他会把钱还给我吗? 我是一个世俗的人,只能在心里祝福他们了。

几天后,我带儿子去医院筛查听力和视力,路过非姐所在的病房。我看见非姐正躺在床上和一个女人眉飞色舞地说笑,我看了片刻,悄悄地离开了。

爱的珍藏版

我喜欢写作,经常在报刊上发表文章。每次收到稿费都交给老婆,让她去买化妆品或是做美容护理。老婆为了让我安心写作,几乎包揽了所有的家务,她的皮肤粗糙了,眼角有了皱纹了。老婆却用稿费给我买了营养品,她说:"你天天熬夜,需要补充营养。"

写作多年,我打算出一本书。老婆看出了我心中的不甘和沮丧,她拿着我整理好的书稿说:"我帮你打印下来,装订好,也算是一本书呢。"我在心里苦笑了一下。

在我生日的前几天,老板安排我去南方出差。生日的当天晚上,我才坐飞机赶回家。进了门,看见餐桌上有我平日里最喜欢吃的菜和一个大蛋糕。吹灭蜡烛,许完愿,我睁开眼睛看见面前放着一本书。封面上的书名写得歪歪扭扭,我一看就知道是女儿写的。腰封上有两行字:献给本世纪最伟大的作家;下面一行是:全球绝版、只此一册。看字迹应该是老婆的。我一页一页地翻看,序言是我打算出书前写好的,内页里的每一篇文章后面都有一幅插画,插画和文章内容有完美的契合,相得益彰。我看一眼老婆,老婆笑着说:"我的画技荒废多年了,画得不好,请原谅。"翻到最后一页,是老婆写的后记,我有些惊讶,平日里从不看我的文章的老婆竟然写出了如此精准的评论。封底的腰封上有一行歪歪扭扭的字:爸爸的另一个孩子。又是女儿的字迹。

我的泪水毫无节制地流了下来,泪光中,我用男人的宽阔胸怀拥抱了老婆和女儿,我说:"谢谢你们送给我这册爱的珍藏本,俗世里的金钱买不到它,因为爱是无价的。"

日子

　　暮色四合,炊烟渐起。远处传来隐隐的鸡鸣狗叫,风箱的抽动声缓慢而悠长,混合在晚风薄暮里,更添一分落寞和惆怅。

　　古朴的小院,柴扉半掩。叶子坐在火势旺旺的灶边,一张白嫩的俏脸被灶火映得红红的,娇艳无比。她双手托腮,嘴边溢着一丝淡淡的浅笑,听柴木脆脆的炸裂声,柴木掉了、灶火弱了,仍浑然不觉。

　　院中,光秃秃的树木纹丝不动。高高的藤架上几只鸡蹲在细细的枝头上;一只猫从檐上跳下来,悄无声息;只有放在大盆上洗得干干净净的一筛子荠菜,在滴答滴答地流着水……

　　吃过饭,叶子默默地收拾着碗筷,就在这默默地忙碌中,叶子的心里忽然有了些薄薄的凄凉。是这平凡的生活过于平淡了,还是花季女孩的自哀自怜,叶子自己也说不清,在她成熟的生命个体中有一股青春的萌动在悄悄地潜滋暗长,以至于时常无端地烦恼,莫名地哭泣,心里就有了一种说不清道不明的伤感。

　　外面起风了,风吹打着柴门吱吱作响,好几次叶子误以为是母亲和弟弟从姥姥家回来了,打开门却见空荡荡的街道上寂无一人,只有风吹卷着落叶,碎碎地响。

　　叶子懒懒地把门关了,衣服没脱就上了床,在煤油灯下读那本已读了数遍的《平凡的世界》。光线太暗,字迹又太小,一会儿就模糊不清了。

PART 6

游冠山仙境记

叶子打了个长长的哈欠,嘴里咕哝了一句"明天还要进城卖荠菜呢!"头一摆,歪倒在床上。煤油灯在微风中轻轻摇曳……

春在正月十五枝梢间

这一天上午,阳光和煦、风不吹、树不摇,王庄村部办公室前的一处空地上,五十多岁的振茂叔靠在粗脖子老槐树下唾液四溅地讲着故事,周围是伸长了脖子的村民。

"正月十五的晚上,团好的汤圆在锅中蒸着,馋媳妇在灶旁添着柴火,婆婆去了厕所。馋媳妇添着柴火,闻着扑鼻的香味,口水早就止不住地流了出来。馋媳妇从灶边站起身朝大门外探头探脑,两只空出的手把蒸笼掀开了,馋媳妇没想到她从热气腾腾的蒸笼里摸到的却是一团黏黏的、热烘烘的东西,待抓出来后才发现汤圆已变成了热年糕。"

村人的眼睛一瞬不眨地盯着振茂叔,脖子伸得更长了。

"外面响起了婆婆的脚步声,急坏了灶旁的馋媳妇,她有心把汤圆三口两口吞进肚又怕烫着嘴,眼看着婆婆已到了灶房门口,馋媳妇顾不上多考虑,她一把撩起花棉袄,只听见'啪吱'一声响,接着又听见'妈呀'一声尖叫,馋媳妇捂着肚子弯下了腰。"

人群中爆发出一阵哄堂大笑,笑声不断的人群中我的目光和一女子的目光撞到了一起,目光对接的瞬间有细小的火花倏忽一现,两个人各自颤抖了一下。

"被烫得又蹦又跳的馋媳妇跑进了堂屋,掀开花棉袄一看,白白的肚皮上烫满了一层红燎泡。"

村人们此时早已笑得东倒西歪,眼泪都笑了出来,待笑声渐歇时,振茂叔眯缝着一双小眼四下里打量了一圈,仿佛在找寻某个人,又仿佛谁都没看,开始了他的下一个故事。

我的心里却在想着,我和此女子是第几次相遇了? 第一次在行色匆匆的路上,第二次在村外的田野里,第三次是……

此刻,我身旁的一个小媳妇微红着脸慢慢地挤出了人群。正午的小村静静的,偶尔有几声倦倦的鸡鸣、狗叫、村人慵懒的哈欠声,人们都聚集在振茂叔的周围,没有人肯离去,我却必须走了,我要回家,吃过饭去城里上班呢。我走的时候心里怅怅的,想着故事还没结束呢,我又看见了女子亮亮的眼睛。

今年春节我又回到了小村,我和妻来到振茂叔曾经坐过的那棵歪脖子老槐树下。此刻,只有老槐树寂寞地站立在正月的天空下,振茂叔已离开我们去了另一个世界。当年的女子已成为我的妻,妻看着光秃秃的枝干说了一句:冬天过去了,春天还会远吗?

那一刻,我的眼前突然涌现出一嘟噜一嘟噜浓浓的绿,浓浓的绿色里我看见振茂叔正站在那棵歪脖子老槐树下激情飞扬、唾液四溅地讲述着……

PART 6 游冠山仙境记